天下篇，逍遙遊
七星劍，葫蘆酒
你就這樣長身去了江湖
自天涯滄桑風塵回來的你
大鐘鳴鼓，琴瑟竽笙
高台厚榭，邃野之居
或人何在？或人何在？
你又帶書攜酒配劍
從眼前到天涯，一路過去

落花也有溫柔的遠志
像人走向水涯
而裘褐為衣，棺桐三寸
張目奸逼切如大火逼你躍牆
身臨绝澗如閉目飛躍
而這一躍往何處去呢
流水也有悲壯的柔情

——摘自溫瑞安《山河錄》之華年

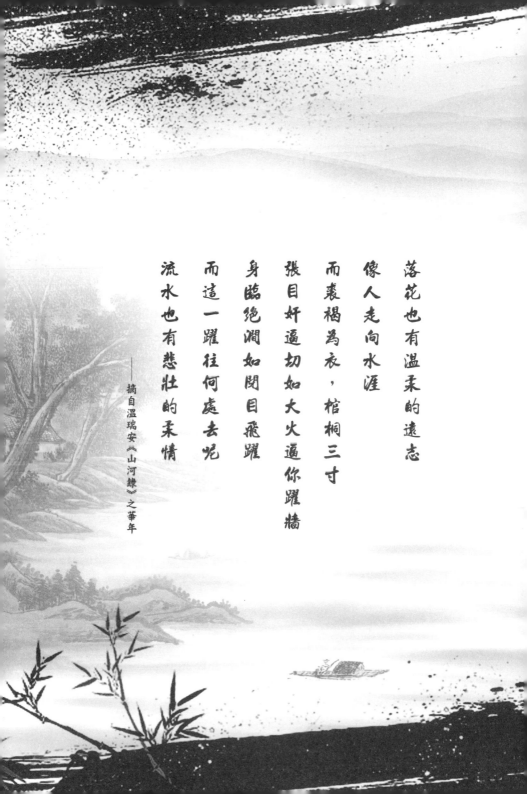

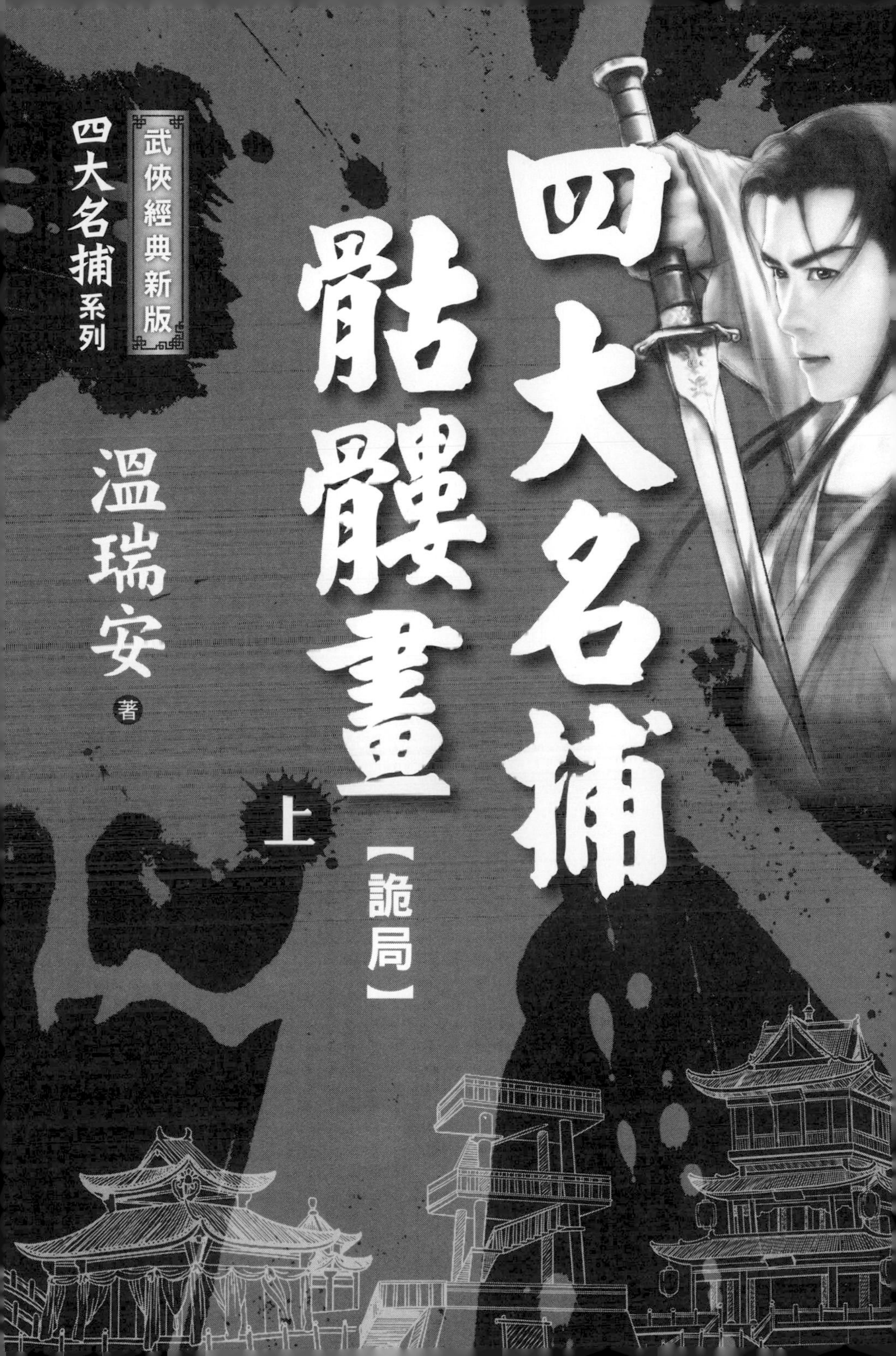
四大名捕
骷髏畫
【詭局】
上
溫瑞安
著
武俠經典新版
四大名捕系列

《四大名捕》新版總序

眼前萬里江山

溫瑞安

坦白說，我有時候也不大認得「四大名捕」，雖然他們四位是我一手帶大的，「供書教學」，「含辛茹苦」和「養育」了三十年。

我現在手上存有的版本，光是「四大名捕」故事，就有三百五十七種。沒收集的，沒看到的，沒遇上的，沒讀者寄來的，不在其數。其中有許多當然是翻版、盜印、假書、僞作。有的是其他名家的大作，也收入「四大名捕」門下，這是我「四大名捕」的榮幸。有的不是我寫的「四大名捕」，也充作「四大名捕」，甚至有人索性代我寫「四大名捕」，這也是「四大名捕」的福氣。不過，對有心支持閱讀「四大名捕」的讀者而言，買錯了書，只換回來一肚子的氣。

近日，加上了影視劇集不同的「四大名捕」在湊熱鬧，堪稱加油加醋還加孜然、麻油、指天椒，一時好不燦爛，這回，原著四大名捕不只是沾光了、掠美了，還吃不了嗆著喉，爲之撓舌不下，目瞪口呆，嘆爲觀止不已。

的確，「四大名捕」在別人的筆下，或在鏡頭裡、電視螢幕上，時常變了樣，嚴重「異化」了。他們各憑自己的觀感和需要，自行創作，甚至再造了名捕。於是，我們可以發現「四大名捕」從「人格分裂」到「精神分裂」，變成了以下各種「異象」：

•四大名捕不是靠智力查案的，而是靠武力肅清異己的，動輒殺個肝腦塗地，血腥暴力，永無止休，哪裡像個執法捕快？有時，比強盜還不如，只不過是有「牌照」的殺手而已。其中，殺戮最重的當然首選「冷血」。因爲我塑造「他的生命是一頭追殺當中的狂豹，既不能退後，便只有追擊」，正符合了殺伐的角色。

•四大名捕倒像是〇〇七。不斷冒險，不斷破壞，卻從來沒有建設。他（們）常常打擊奸惡，但他們的品德，卻往往比他們所打殺的奸佞還不如。而且，他們總是拿著令牌（鏡頭裡的令牌總像塊烤得不夠熟的四方月餅）到處「作威作福」，而且，還是個徹頭徹尾的「保皇黨」——也就是朝廷鷹犬。

•鐵手，顧名思義，一定是頭大無腦，腦大生草，四肢發達，頭腦簡單之輩！給他套個鐵拳手套什麼的，大凡是名捕裡鈍鈍的、草草了事，就挑他來扛，準沒錯！於是，我寫的鐵手，大家總當他是鐵饅頭！追命？喜歡喝酒？一定是酒鬼！於是，就把他拍成動輒醉個半死。失戀？喝酒！失意？喝酒！打輸了，喝酒！打贏了，還不喝酒。於是，追命成了醉命——他那條命是從俠中酒仙的古龍大師借來的，不醉便沒命。

‧尤有甚者，無情不藥而癒，無緣無故的站了起來，不靠輪椅了。而且可能原籍東瀛、高麗甚至女兒身哩！（奇怪，怎就不原籍馬來亞？釣魚台？中南海？）有時候，劇情需要，情節需求，大家就把「四大名捕」畫、拍成四大圍毆一個他們要塑造形象的主角人物，甚至以眾欺寡打一個老人、小孩、女子什麼的，這一刻，「四大名捕」只成了犧牲品，還不如去當「四大名補」：補牙、補褲、補鞋、補鑊的好了！

‧餘不一一，不勝枚舉。

以上當然都不是我筆下的「四大名捕」，也不是我所願見到的「捕快」；這樣的「捕役」、「馬快」，你只要碰上一個，恐怕也只有自認倒霉，更何況有四個之多。

人家說：完成了的作品已不屬於你的了，而是屬於大眾的。我想：幸好我寫了三十多年名捕系列，還沒完全寫完「四大名捕」故事，至少，還有點「屬於我的」補遺。不過，就算我已完成的部份，也給人「自行創造」得「面目全非」，那麼，真正的「四大名捕」原貌又是怎樣的呢？

人說三歲定八十，要知道一個人的真性情，還得看他少年青年時：無可奈何花落去，似曾相識燕歸來。一自美人和淚去，河山終古是天涯。看看他們以前是怎麼活過來的，就會知曉他們以後是怎樣活下去了。「四大名捕鬥將軍」，其實寫的就是少年時的四大名捕，如何應付他們平生首遇的強敵，如何翦除跟他們對立的大奸大惡，以及如何從磨練挫折中長成過來。跌倒了，就得爬起來，無論跌倒了多少次，都得要爬起來，不然，就是得認命，躺在那兒了——但我可沒說一定在跌倒的地方爬起來。年紀大了，知道先得爬起來，在哪兒爬起來都沒關係，只要你爬了起來，等你老樹盤根，健步如飛的時候，才再回到跌跤的地方，表演渡水登萍、凌波微步也不遲。

我在「說英雄・誰是英雄」（八五年成書，比什麼英雄電影都早了一點點）系列第一部《刀》中，第一段就寫道：

這裡寫的是一個年輕人，一把劍，身懷絕學，抱負不凡，到大城裡去碰碰運氣，闖他的江湖，建立他的江山。

——他能辦到嗎？

烈火，鑄就了寶劍。

絕境，造就了英雄。

在我的感覺裡，四大名捕也就是這樣的年青人。眼前萬里江山的人，當然不怕小小興亡。

稿於二〇〇三年十月初。深圳、珠江、湖南、湖北等電視台播映「四大名捕震關東」

校於〇三年十月中。「四大名捕（會京師）」將在台灣中視、廣東公共台、湖南、湖北電視台首播。／「四大名捕鬥將軍」南方台首播。／「漫畫四大名捕」港版雙周刊轉周刊，銷售量躍升。／泰國最大出版社洽談「溫瑞安武俠系列」泰文版

《骷髏畫》總序

大小說

「四大名捕」故事，從一九七〇年開始，寫到現在，已寫了接近三十年，還在寫，還在刊登，電視還在翻拍或重播（儘管所拍的大抵與我原著無涉，多由「天才編劇」抓住四個人物特點特性加以發揮、歪曲），漫畫也還在翻炒或抄襲（雖然「天才畫家」所繪的連環圖大抵除了嚴重違背我寫的「四大名捕」的精神和本意之外，並無關聯），連其他相近類型的小說同樣在模仿或翻新，乃至三十年前的忠心讀者仍甘心抵命的追讀下去，以及不斷有新銳讀者一樣重頭追看，以致「四大名捕」這系列小說，一本一本的寫下去，一個故事又一個故事的起伏著，一次又一次再版，一部又一部新版，甚至「四大名捕」中的冷血（冷凌棄）、追命（崔略商）、鐵手（鐵游夏）、無情（盛崖餘）要比他們的原創人「溫瑞安」——就是筆者更著名，尤其在中國大陸，人多知「四大名捕」又破了什麼案而不知溫瑞安又寫了什麼新書，因爲以上種種拳拳盛意反應和招招入肉效果，使我依然孜孜不倦的把虎虎生風的「四大名捕」霍霍運筆的寫下去，直至有個圓滿的結局爲止，這是部由活剌剌的生命和潑辣辣的俠氣所完成的大小說。

稿於一九九八年一月廿八日丁丑年大除夕至三月十日戊寅年大年初三何家和、梁應鐘、小康、舒展超在珠海卜卜齋新居歡度新春，唱遍銘都、名都

校於九八年一月卅日年初三至二月二日大年初六與葉浩、何包旦、阿晴、陳念禮（及心怡、淑儀、家禮等）在拱北區不戒齋歡快共渡，推出雜誌、新書

溫瑞安

四大名捕系列 骷髏畫 上冊

目錄

第一部 錦繡人皮

一　好漢不坐牢

唐肯躺著，一動也不動，趁著陽光還沒有沉下去，他算到有二十九隻蒼蠅、十三隻蚊子、還有四隻蟑螂、一隻蚱蜢，在這間牢房裡出沒。當然，在自己躺著的陰濕木板下面，想必還有一些蜈蚣、蠍子之類的毒蟲，也趁著難得的陽光暖意，在齷齪的角落裡磨著觸鬚爪鉗，只是自己未能看見而已。

陽光是動的，可以知道外面有風，以致陽光映在葉影也在微微顫動著，再投射出來。只要是好天氣，每天午間送飯來的獄卒走後，陽光必然輕巧地從天窗那兒照進來一會兒，跟外面牢頭沉重的步伐恰好形成對比。

陽光只照亮這麼一會兒，馬上就要沉下去，只有從較暖烘的牆壁上，才感受到陽光還在外面的世界。

——外面的世界仍是活的！

——只有自己是死的！

就連房裡的蟲豸，都可以自由自在的出入，而自己只要三天給牢頭遺忘掉，就準像一團飯似的餓斃在這裡。

陽光那麼美、陽光那麼好、陽光那麼暖和，眼看又要沉下去了，不爲渴望陽光的人耽待片刻——他真奇怪自己以前爲何從沒有花過時間去享受陽光。

他想到這裡的時候，就聽到鐵鏈軋軋的聲音！

◇◇◇

鐵鏈軋軋之聲通常只有兩種情形：一是有被鐵鏈重鎖著的要犯在牢廊走動，另一是牢役拿鐵鏈要鎖某人出來；在這種情形之下，他趴在牢牆底下的送飯孔裡，常常都可以窺見被鎖鏈絞得血跡斑斑而寸步難行的髒腳，或是牢卒用鐵鏈鞭韃犯人的情景。

每打一下，他就顫一下，犯人通常都知道哀叫是無用的，換著一種放棄垂死掙扎的呻吟，他聽著看著，不敢再看下去，捂住耳把頭塞在牆角下，恨不得把頭種入地底裡。

這時是午間剛分發過「鼻涕糊」之後——在裡面的人都不叫它做「飯」或「粥」，那是因爲那米的成分稀薄得像人的鼻涕，偶爾加幾條糞池旁種的「菜」或一些像死去動物內臟的肉碎，這肉碎還要在天氣好視線清楚的時候才可隱約發現——人吃了它，懶懶散散的，身上唯一最活躍的是蚤子，人只有躺在地上，等牠們光顧。

鐵鏈軋軋又響起，沉重地拖曳在地上，彷彿鐵板與鐵鏈之間已沉纍得綻不出火花。

步伐聲在自己牢房近處驟止。

唐肯可以想像到神氣的牢頭後面跟著四五名獄卒，活像判官帶牛頭馬面的就在那裡。

——難道那麼快就輪到自己……？

唐肯想到這裡，全身都繃緊了起來。

「青田張義宏，出來！」

隨著呼喝的聲音，便是打開牢門沉重的巨響，押走犯人遠去的步伐。

犯人沒有離開牢廊之前，總是喜歡用手肘或腳枷碰觸各牢房的門牆，發出聲響，表示他要走了。

而在這個時間裡這樣被叫出去的犯人，多半從此不再見面，一去不復返了。所能有幸從牢裡出去的人，他日想到這些年來老鄰居或老同房的家鄉探訪，所得到的消息，不是家人以爲他死了，便是從不知道他們在牢裡出來過。

所以在這樣的時間裡被隆牢頭叫出去的人，有去無回，也不知自己會遭遇怎樣的一種命運，臨走前故意發出些聲響，算是跟這些日子來的同劫者告別。

牢房裡的犯人再怎麼懶都會爬起來，到鐵柵處或通風孔去招呼一聲，算是今生今世兩人之間緣份的最後一個交代：除非是已經判了死刑的囚犯，才動也不動，不多看一眼，心裡只盤算著很快就可以和對方在黃泉路上碰頭。

◇◇◇

奇怪的是這時候被叫出去的囚犯，有詭祕的味道，不管犯的罪是多輕，牢裡的人都不認爲他還能活著回到世上。

隆牢頭叫「張義宏」名字的時候，唐肯心頭一舒，同時也一緊。

張義宏就住在自己牢室對開來的牢柵裡，密封的牢室通常是扣押重犯，如：殺人犯、流寇、大盜、叛亂分子，而牢柵裡拘押的多半是犯案比較輕的犯人。

唐肯就住在張義宏對面，兩人在這些枯燥寂悶的日子裡，窺獄卒走遠時，互傳消息，壓嗓對話，也不知分享過多少時光了，而今張義宏這一去，唐肯心裡像空了一大片位子，無法塡得上。

他打從透氣孔望過去，張義宏臉如死灰，全身發著抖，幾乎是給幾個凶神惡煞的獄卒架著走的。

唐肯在看他的時候，張義宏也向這兒望了一眼，那眼神裡全無活意。

唐肯看了這眼神，彷彿全身浸到了潭裡，他倚著鐵門軟癱下去，才發現陽光已經沉了下去。

囚室裡再無陽光。

——爲什麼要把張義宏拉走？

——藍老大和張義宏，一個個都拉去了，只剩下自己和吳勝，吳勝他在哪裡!?

——我們都是冤枉的！

——爲什麼要拉走我們！

唐肯悲憤的想著，希望就像太陽一般的沉了下去，入夜的囚牢更難度過。

他仔細計算一下，他進入這青田大牢八個多月以來，不認識的不算，在勞役時間的操事室裡，還有每月一次共同沐浴的澡堂裡認識的犯人，至少，有十七、八個是這樣被叫了出去，一去無返。

——他們去了哪裡？

——自己犯的，還算是「監守自盜官餉」的大罪，但像譚婆、陳昌等只是犯了偷竊小罪，怎麼也這樣消失了影蹤？

——爲什麼會沒有人追究？

——張義宏正在遭遇些什麼？

唐肯用拳頭在鐵門上輕輕的擂著，發出鼕鼕的震響，卻捶不破他心裡的疑團。

他一下一下地捶著，在幽森的牢獄裡，像隱伏著一頭不屈的獸，沉重地呼息。

拳頭隱隱震痛了他的手心，幽黯裡，他彷彿看見自己和鏢局的兄弟們，在北旱砂壩的一役。

他的拳頭猛揮，把一個撲向黃二小姐的淫賊，打得鮮血自鼻孔裡飆濺出來，翻身倒飛出一丈之外。

他的拳頭猛烈地揮擊著，腳步像怒虎般的疾跨著，敵人一個一個地俯蜷仆倒或仰跌出去。幪面的敵人愈湧愈多，刀閃劍晃，他始終不退，和藍老大、吳勝、張義宏等一干兄弟，拚死守護著黃大人的後裔以及稅賦銀餉，不退一步。

他清楚地記得鏢局局主高風亮提著十一環大刀，刀揮處，血飛濺，賊人掩面蹌踉而退，只是——

只是來的賊人是那麼多！

隨後來的一批幪面人，武功又那麼深不可測！

兄弟們流著血、淌著汗，已經愈戰愈疲，鏢局裡自小生死與共的兄弟，一個一個在敵人的刀光中倒下去……

◇◇◇

想到這裡，唐肯的拳頭愈擊愈響，彷彿這樣可以多殺幾個眼前的強敵……忽覺手上一陣劇痛，唐肯住了手，只見拳頭皮層已擊破，鐵門上也凹陷了一處，染了斑斑鮮血。

唐肯住了手，然而敲擊聲並沒有停止。

牢房裡的人，藉著張義宏被押走的餘忿，和著唐肯的擊門聲，一下一下的，哄哄地響著。

這響聲驚動了獄卒，糾眾而入，在牢廊上用木棍揮擊，發出嘭嘭的沉響：

「幹什麼！想幹什麼!?」

「要造反呀？嗯！」

「再敲，再敲就先剁了你的手！」

牢獄重新又靜了下來。

這時，隆牢頭顳頇下石階的咳嗽音，場面都靜了下來。

「是怎麼一回事!?」隆牢頭在獄裡外號「隆閻王」，他憤怒的懲戒犯人的時候，曾把犯人的五趾剁掉，要每一個犯人列隊經過看他切割腳趾的過程，以示儆尤。

「他們……在作亂！」

「是誰先搞起的！」

「好像是……寅六字房的先敲響鐵門的。」

「唔……寅六字姓唐的跟剛才拖走的是同案。扯他出來！」

「砰！」緊隨著鐵匙輕鎖的刺耳聲響，門被大力推開，四個獄卒像要把唐肯撕成八截似的：「出去！」

唐肯被推得跌撞出去。

唐肯踉踉蹌蹌跌步出來，差些兒沒撞在隆閻王身上，急忙收步，由於收勢過急，趴倒於地，這下臉撞及隆閻王腳上，隆閻王喀吐一聲，一口濃痰飛出，一腳踹在唐肯臉上，唐肯給踹翻了個大跟斗。

唐肯怒叱：「你……」

隆閻王冷笑：「你什麼！別以爲我不知道，你借後翻卸去我踢在你臉上的力道！」他雙眼噴火似的吼道：「別以爲你是『神威鏢局』的鏢師就可以在這兒鬧事，告訴你，在這裡，英雄好漢也得喝我洗腳水！」

他的口氣直往唐肯臉上噴：「你不相信？上個月，陝北人人豎大拇指稱一聲英雄的關飛渡，不也一樣給我抽了腿筋腳筋命根子後，泥一樣癱在那裡！」

關飛渡鋤強扶弱，義勇雙全，而且豪氣干雲，人人都佩服他俠骨義氣，此人平日劫富濟貧，而今落入牢裡，依樣扶弱濟危，常替病弱者代爲勞作，牢裡的人不分族類都稱他一聲關大哥，竟因得罪隆閻王而落到這樣下場！

一條英雄漢子，雙腿廢了又給閹了，落在這種地方真是不如一死。

隆閻王掩嘴咭咭的笑著，「你知道我是怎麼整治他，他，不錯，武功是好，但武功好又有什麼用？又不能不吃飯！吃了我的飯，他就軟了，眼睜睜看我把腿筋，一根根抽出來，卡嚓一聲，連同命根子，一起剪斷——！」

唐肯聽在耳裡，想到昔日關飛渡關大哥對牢裡兄弟的種種照應，一時熱血上衝，再也顧不得一切後果，吼道：「百姓犯法，自有國法制裁，你不過是牢裡的一名看守，竟然逾法私刑，你是人不是!?」

這一吼，殊出乎眾人意料之外，幾個獄卒都怔住了，唐肯的聲音遠遠的迴蕩著，牢裡的人大都聽到。

隆閻王瞇著眼，全身像淋了一層火油，就待人員一把火就炸燒起來，自齒縫裡一字一句地道：「好哇！姓唐的！你這是替關廢人做架樑來著！」

唐肯豁了出去，也不顧一切了：「關大哥的事，就是我們的事，你們把他打成了殘廢，我們要出去找官老爺評理！」

隆閻王嘶聲道：「去你媽的評理！」

唐肯道：「去找我媽評理也一樣！你把關大哥打成這樣子先不說，我們牢裡的這些兄弟們，有的只是關三兩個月、一年半載的監，怎麼給你無端叫喚了出去，全沒了影蹤，說！他們到底去了哪裡!?」

隆閻王聲音反而有些餒了：「你……他們，他們調到別個牢去了！關你什麼事!?」

唐肯怒笑道：「調到別的牢去了!?那按照刑期，他們早已出來了，爲什麼收不到他們片言隻字，也不來探看我們──」

隆閻王撒賴道：「探看你們這些廢物狗屎不是人的麼!?出去以後，改過自新，自然便不會再一腳踩到你們這團屎來啦！」

唐肯道：「好！算是他們不念舊情，不想來，不要來，也不肯來，爲什麼連他們家人也不知道他們出來了？」

隆閻王怒道：「你沒出去，你知道個屁！他們一個個都抱老婆生孩子去了。」

唐肯道：「他們的家人來探監，人人都說，人平白的不見了！」

隆閻王猛一點頭，後面幾個獄卒拳頭木棍，往唐肯背後擂去，唐肯雙腳雙手銬著鐵鏈，閃躲不易，旋被打倒在地，隆閻王獰笑道：「你好漢？是好漢的就不要犯了事，來這裡坐牢就要受我的罪！」幾個獄卒拳打腳踢，要把唐肯活生生打死。

這時，牢裡各室突然都被大力地敲響著，開始只是一兩個，進而到七、八間，很快的每一間牢房裡的犯人，不管是密囚著的還是關在鐵欄裡的，紛紛搖著鐵柵，捶著鐵門，激烈撞響的聲音在牢裡交織迴蕩，連隆閻王也從未見過這等場面，住了手在發楞。

獄裡的犯人劇烈的叫喊，用手邊一切可敲得更響的事物猛力敲打著，獄卒們面面相覷，一時不知如何是好。

隆閻王豆大的汗珠自額角冒出，吩咐道：「先押他回牢。」幾個人夾手夾腳的把唐肯推回囚室，砰地又關上了門。隆閻王帶著獄卒匆匆離去，加派值班牢役，嚴陣防守。過了大半夜，騷亂才平息下來。

唐肯在黑暗裡，運氣調息了一會，所幸他武功走剛強路子，精長「少林拳法」所必修的「三展氣功」，牢卒那幾下還傷不了他的筋骨，調理一會兒，便無大礙。

調息著的時候，唐肯突然聽見有人在遠處側室裡低聲喚他：

「唐三哥，唐三哥！」

唐肯分辨得出那是「神威鏢局」裡的鏢師吳勝的聲音，兩人一被押進牢就失散了，迄今才聽到他的聲音，想必是因為今午的這一鬧，吳勝才知道他被押在這裡，也因下午的事，獄卒不敢逼人太甚，所以吳勝才敢揚聲叫他。在此情此境聽得這熟悉的叫喚，唐肯好像在茫茫人海裡抓到一截浮木，忙不迭應道：「吳勝，吳勝。」

吳勝喜道：「唐三哥，你沒有事？」

唐肯道：「沒事，沒事，那幾下子，我還熬得住。」

吳勝道：「三哥，你要小心，今天的事，我看隆閻王不會放過你的。」

唐肯道：「我知道，我等著。」

只聽吳勝發出那麼一聲浩嘆，除了他那一聲嘆息，也有幾個牢房裡的人都發出嘆息。唐肯知道自己是被許多人在關懷著的，心裡一陣溫暖，只聽獄卒走到吳勝發話的地方用鐵杵大力搗敲，吆喝道：「不許說話！」吳勝便不再說話。

唐肯緩緩坐了下去，只覺地板透涼，寒意直透上來，才知道秋已快盡了，想到自己進來，也有好一些日子了。

不知道天幾時明。

二 血屍

天色未明，唐肯在朦朧中突聽鐵鎖鑽開的聲音，心中警惕，一躍而起，門已被打開來，七八名獄卒掩了進來，夾手夾腳抓起唐肯，往外就拖。

唐肯怒叱：「要幹什麼!?」但已被獄卒推了出去，唐肯想要頑抗，但知人落在此處，掙扎也沒用，心裡嘆一聲，任由人縛住推了出去。

唐肯跌撞出去，只見一人在黯處山一般屹立著，正是隆閻王。

唐肯見落在此人手裡，是不會有什麼指望了，不發一言，只狠狠的瞪著他。

隆閻王嘿嘿一聲冷笑，手一揮，獄卒扣押住唐肯往前推，走了七、八道牢廊，有些犯人在鐵柵裡被異聲驚醒，睜眼看見這種情況，也不敢聲張。

就快要被押出去之際，經過了一間門外下了七、八道巨鎖的囚室前，突然間，裡面傳出一個低沉的聲音：「你們要對他幹什麼?」

那幾名獄卒本來飛揚跋扈，趾高氣昂，聽這隔著鐵門低沉的一喝，都不由自主收斂了一些，一同頓住，不敢往前再走，有兩名較有經驗的獄卒班頭澀聲道：

「關……關大哥……你早……」

裡面的人沉默了老半天，沒有說話。

其中一個班頭期期艾艾的道：「我們……我們也只是……只是奉命行事而已……」

那囚室裡低沉的聲音立即問：「奉誰的命？一個個都有去無回，李鱷淚也不要做得太過份了！」

那幾名獄卒相覷不敢回答，唐肯在昏曙中運目望去，只見那囚室跟平常沒什麼二樣，只是特別狹窄、鐫鐵特別堅厚。

隆閻王神色也有些不定，清了清喉嚨道：「關……關爺，這是獄中的規矩，咱們是奉命行事，您，您這就不要再管了！」

裡面的人突然斬金截鐵的叱了一聲：「隆自破！」

隆閻王一震，被這一喝喝得蹬蹬退了兩步，只聞裡面的人喝問：「你灌了我迷藥，廢了我兩條腿子，又閹了我，是你的主意!?」

隆閻王神色大變，仔細看了看門鎖還牢扣無誤，才敢回答：「關……關大哥，我……我也是逼不得已！」

裡面的人苦笑一聲，然後再吸了一口氣，似慢慢把憤懣淒怨平息下來，道：「好，隆自破，我不怪你，你只要告訴我，是不是李鱷淚？」

隆閻王澀聲道：「李……李大人……他……」

關在裡面的關飛渡大喝一聲：「說！是李鱷淚還是李惘中!?」

這一喝，岡啷一聲，把隆閻王手中鎖鏈嚇掉了地；這一喝，把青田大牢十八座裡九成的犯人都震醒。

隆閻王顫聲道：「你……關大哥，我知道，您在江湖上有名望，有地位，但來了這裡，就得聽李大人、李公子的；本來大夥兒都把你照顧得好端端的，但是——」

關飛渡喉頭發出荷荷之聲，悲酸地道：「監牢裡的女犯也是人，李惘中盡情侮辱她們，我自然要管！」

隆閻王看看囚室的鐵鎖和身邊的部下，膽子壯了一些，道：「你管是管，李公子本來也要重用你，但你……得罪了李公子，這下成了殘廢，可怨不得人！」

囚室裡面的關飛渡靜了靜，道：「隆閻王。」

隆閻王挺了挺胸，道：「怎麼樣？」

關飛渡道：「昨天你在牢裡揚言說，我給閹割和廢了雙腿，全是你幹的？」

隆閻王硬著頭皮撐面子，嚥下了一口唾液道：「是李公子的意思……我……我下的手，你又能怎樣？」

那聲音陰森森地道：「現在我雙腿廢了，人不像人，鬼不似鬼，李大人也不會再攏絡我，你當然不怕我了。」

隆閻王大聲道：「關……姓關的，過去我敬你是條好漢，給你面子不要面子，也怪不得我手下無情！」

那聲音慘笑道：「手下無情？手下無情——好，好！」

隆閻王怒氣沖沖的吩咐道：「走！我們別理會這廢人！」

倏地，「砰」地一聲，似有什麼重物，在囚室鐵門內擊了一記。

這一擊何等沉重，整個鐵門爲之震盪，「卜」的一聲，其中一隻銅鎖被震斷，「嗖」地激射而出！

隆閻王急忙一閃，銅鎖原本是射向他脅部的，現在打在他的肩上，「托」的一聲，有點像骨碎的聲音。

隆閻王捂住左肩，痛得齜牙咧嘴，只聽裡面的人悠悠笑道：「幸好這廢人還剩下一雙手……要不要把我這一對手也剁了？」

唐肯眼見在囚室裡的關飛渡內力如此高絕，佩服得五體投地，可是聽他這般說話，心裡自是大急：因爲關飛渡再英雄，也是被關在牢獄裡，如此開罪隆閻王等人，只怕明槍易擋暗箭難防，真的會把他一雙手也砍下來！

關飛渡忽道：「唐兄弟，你不必爲我急，我肯待在這裡，原本是伏法，現今卻只無法無天，我又落得這身殘軀，早不想活了。」

唐肯心裡想的什麼，關飛渡隔著一道鐵門，居然一直似瞧見他內心裡去，唐肯心中震佩，道：「關大哥，你……你要多加小心！」

關飛渡隔了一棟鐵門，笑起來轟轟傳聲：「昨天下午你爲我叫屈，今天我給你送行，可惜今天咱們都落在狗官豺狼手裡，要不然，在外面碰頭，可痛痛快快喝他個三百杯！」

後面的獄卒推了推唐肯，暗示他啓步，唐肯也自知這趟跟獄卒出去，料無幸理，便道：「關大哥，你有一身好本領，牢裡的兄弟，還要你多加費心——」

關飛渡哈哈笑道：「我這無腿不中用的東西，還能替人出頭麼？」語音裡悲憤難抑。

兩個班頭把唐肯推了出去，在關飛渡淒憤的笑聲中，啌地關了門，隱約還可聞一絲微微的笑聲，像隔了個世界。唐肯抬頭望望曙色，晨風帶著寒意襲來，他挺了挺胸，想：雖然是走了出來，但是，卻不是獲得自由……

——只怕這一生一世，自由都難以再獲了……自由是以前的事，可是當日又不知自由的可貴……

◇◇◇

獄卒們押他走了好一段路，擺設裝飾愈漸豪華，而牆也愈漸薄了，矮了，守衛也不那麼多了，唐肯心中納悶不知道他們要把他帶到何處，只知道跟以前一去無回的弟兄們肯定是同一個地方。

走到一間漆上白色、朱籐窗櫺的精緻大房前，獄卒班頭示意他停下來，並都望向隆閻王，隆閻王強忍痛楚，畢恭畢敬的輕輕敲了兩下門，靜下來等待回應。

但沒有回應。

就像黎明的冷風一般靜。

隆閻王再敲了敲門。

只聽房裡有一低微的聲音道：「誰？」

隆閻王恭敬得近乎畏縮的應：「是老奴。」

那聲音「哦」了一聲，即道：「怎麼受了傷？」

唐肯一聽，吃了一大驚，先時關飛渡隔門傷人，已教人匪夷所思，但這房裡的人單憑隆閻王一句話便辨定受傷，也同樣不可思議。

隆閻王用一種訴屈的聲調道：「公子，你不許我殺那姓關的，但他毫不感激，傷了老奴還不打緊，還在牢裡揚聲把公子您罵得狗血淋頭！」隆閻王生得高頭大馬，用這種嗲聲嗲氣說話，直教人寒毛直豎。

裡面的人語音一變，慍怒地道：「關飛渡真不識好歹。把人押進來！」

「砰」地一聲，唐肯被推入房間。

這房間一片白，地上鋪了白色的厚毯，但在房間中間地上，卻有一大灘悚目驚心的鮮紅！

這鮮紅已在白色毯子裡滲透凝固，還夾有一股腥味，顯然是血！

但這些血流得之多，令人不敢相信。

血跡上面還有一具事物：如果不是看見這事物上明明有著四肢輪廓，沒有人敢信這是一具人屍。

一具被剝了皮的、血淋淋的人屍！

這被剝了皮的血屍，肉體般隱隱還似有些跳動，唐肯是個名鏢師，外號「豹子膽」，刀頭舐血劍影亡魂的日子數也數不清，但親眼目睹一個人被活剝了皮的感覺，可也不好受。

唐肯差點想嘔吐。

他強自忍住，因爲他不想自己在臨死前還要受胃部的折磨。

一人躺在雲床上，兩個丫鬟正替他搧風。這人正在全神貫注繡一張面積很大的布帛，繡了一陣，抬起頭來，原來是個白臉少年，眉低壓眼，這少年人說了一句：

「這個被剝了皮的人是你的老友啊，你不認得了嗎？」

臉色蒼白的少年又道：「他叫張勝宏，你們不是相熟的嗎？」

唐肯彷彿看見地上鮮血淋漓的人似在血漿裡望著他，唐肯終於忍不住嘔吐。

嘔吐的時候，胃像被人大力的搾扭著，膽汁都快搾乾了，但唐肯的怒火卻昇了上來。

——張勝宏跟自己一樣，都是冤枉的！

——就算他犯了再大的罪，也不應遭到這種殘無人道的極刑！

唐肯全身血液，一下子像被憤怒注滿，他想奔過去，去看跟他多年來一起並肩作戰的老友，也想撲過去，把那臥在床上的煙精似的少年撕成八片，但他強忍住。

少年的石床在房間的最裡邊，靠著牆，離床八、九尺處，也就是鮮血染浸地毯之所在，有四張高大的檀木椅。

有四個人，一直在牆的四個角落，打坐不語，而今，緩緩睜開眼簾。

這四個人，高矮不一，樣子都有很大的差異，唯一相同的是，臉色都極端蒼白，全無血色。

唐肯也是武林中人，在道上走鏢的對武林人物務必要有的認識，這點比手上功夫還重要，而且唐肯一向對武林人物都特別留心，腦裡馬上閃現陝西武林中，三個令人膽戰心寒的辣手人物來。

這三個人物，原本只有兩個是在一起的。這兩人是兄弟，大的叫言有信，小的叫言有義，這「有信有義」兩兄弟在一起，做的卻完全是「無信無義」的事！

這兩兄弟原本是「辰州言家僵屍拳」的後人，爲爭掌門人的位置，這兩兄弟不惜暗殺了父親言大諾，還挑撥離間，使同門師兄弟互相殘殺，結果令言家一蹶不振，無法團結，這言有信、言有義也一樣搶不到掌門人的位子來坐。

言氏兄弟出道江湖上，一樣做的是背信棄義之事，他們見利忘義，臨危背信，兄弟之間，也一樣互相欺騙，但兩人武功互有依仗之處，合在一起，轉弱爲強，互補缺失，致令他們數度反目，依然聯成一線。

直至後來，這言有信、言有義爲練成絕世僵屍拳，竟按照古法把人活埋三天後，烹食其屍，慘無人道，終於驚動了當今「天下四大名捕」成名之前的一個六扇門中的名宿：「三絕神捕」中的「捕王」李玄衣。

李玄衣千里追緝他們，終於在怒江畔一人印上一記掌，使得這言家兄弟，從此絕跡江湖，已有四、五年。

唐肯之所以認得兩人，是因爲言氏兄弟有一特徵：言有信缺左耳，言有義缺右耳——他們倒不是先天性的缺陷，而是他們在中「捕王」一掌之前，曾遇見「四大名捕」中的鐵手，而在他們遇見鐵手的時候，又正在做一件傷天害理的事，鐵手當時並不知道這兩個敗類就是惡名昭彰的言氏兄弟，所以只略施儆戒，一人撕掉一隻耳朵。

可是這樣一來，缺耳成了言氏兄弟的特徵，以致他們一旦作了惡事，想要不承認也無所遁形。

另外一個人，叫做易映溪，書生打扮，手上拿的不是扇子，也不是傘，而是一柄巨斧，這樣一個形象，除了「巨斧書生」易映溪外，不會有別人。

這個易映溪，行事也十分之怪，三十歲以前，他是一個人人尊仰的俠士，鋤暴安良，替天行道，做出不少爲民除害令人叫好的事，但三十一過，銷聲匿跡了

一、兩年的光景，再出江湖的時候，人心大變，變成了一個殺人不眨眼的魔頭，爲求一己私利不惜大動干戈，手段殘毒，才不過兩三年時間，過去他所積的善還不如爲惡的一半。

這個「巨斧書生」的武功，也是極高，聽說一年前他與「陝西大俠」關飛渡拚了一百多招，才給關飛渡打了一掌，此人負傷後遭受七大門派十一高手的暗襲，居然仍能逃生，於是更加聲名大噪。

除了言氏兄弟和易映溪之外，還有一個人，腰畔繫了三個葫蘆，滿頭白髮，有一種蒼老的辛酸，臉現疲色，不過眼色十分深沉，讓人一眼望去，彷彿望在死寂的深潭裡。

唐肯卻不知道他是誰。

但唐肯原本就知道，事無善了，但卻也料不到這獄中的一處，竟然有了三個以上武林間的出名頭痛人物。

他立刻意識到此際撲上去是一件愚昧至極的行爲，憑他的武功，這四人中隨便一人，他都敵不過。

他留意一下後面，除了隆閻王之外，誰都沒有跟進來。

隆閻王筆直而垂首的在那裡，在犯人面前像頭石獅子，而今卻像頭搖尾乞憐的看門狗。

那少年這時正在問他：「關飛渡被關在鐵牢裡，怎能傷及你？」

隆閻王可憐巴巴的說：「奴才走過，聽他胡言瘋語，辱及公子，所以就大聲喝止，他一掌擊在鐵門上，震斷銅鎖，幸好我避得快，不然恐怕要射在臉上，那只怕奴才不能再向公子覆命了。」

少年邪意的眼睛注向隆閻王：「哦？那實在是難爲你了。」

唐肯再也按捺不住，大聲道：「你胡說八道！關大哥根本就沒罵什麼人來，倒是你說出是什麼李鱷淚還有李什麼中的向他下的手，主使你挑斷了關大哥的腳筋和閹割，就憑你，那敢喝止關大哥！」

隆閻王變了臉色，虎跳到唐肯面前吼道：「你敢冤誣我？你是什麼東西！我——」一掌往唐肯劈去。

少年忽叫：「隆自破——」

隆閻王的手半空僵住，返身撲地，跪下，哭也似的道：「公子，這人誣賴奴才，奴才對公子忠心耿耿，對外亦從無一言敢有不敬，怎敢如此放肆，公子明察，公子明察——」

唐肯看見這種情形，忽然哈哈大笑起來。

唐肯這一笑，眾人都向他望來。

唐肯因度必死，也沒了顧忌，哈哈笑道：「看他那副奴才相，怕成這個樣子，真把你當作皇上不成！」

他這句是衝著少年說的。

少年淡淡一笑。「我叫李惘中，不是李什麼中。」少年居然沒有生氣。

這時，那「巨斧書生」易映溪忽道：「公子，關飛渡斷腿仍有能力震斷銅鎖，傷了隆牢頭，此人還是宜速速斬草除根的好。」

李惘中沉吟了一下，道：「我本要好好用此人，爲爹效力，不過，看來他是死性不改，留著也沒用處——」

說到這裡，向隆閻王道：「你去把關飛渡請過來，記住，是請過來。」

隆閻王見李惘中並不責罰，反而命他做事，大喜過望，應道：「是！」匆匆行了出去。

這一來變成只有唐肯一人，面對五個臉色蒼白的詭異人物。

三　關飛渡

李惘中斜起一對邪異的眼睛，似笑非笑的盯住他：「你叫唐肯，是不是？」

他笑了笑，道：「本來嘛，倒不會那麼快輪到你，但你昨天在監房裡一鬧，只好先選用你這張皮了。」

唐肯心知無倖，但也聽不懂李惘中何所指，便道：「我是冤枉的，我沒有盜餉殺人。就算判罪，也得以國法行之，你們這般算什麼？」

李惘中淡淡地道：「來到這裡，不談王法、國法，我說的話就是法。」

唐肯強抑激憤道：「好，我們『神威鏢局』的人沒有監守自盜，我們是冤枉的，你還我們個公正。」

李惘中道：「人人都說他自己是冤枉的，一個人殺了人，也會說他因醉酒自衛錯手；一個人姦污了人，也說那女子引誘他……銀子明明是在你們押解中失掉，不是你們是誰幹的!?」

唐肯怒道：「北旱砂壩那一役，我們『神威鏢局』四十一人拚死了的有二十七個，這還不是證明！」

李惘中一笑道：「那只是你們分贓不均，鬧內鬨自相殘殺而已！」

唐肯忿然道：「你硬要誣陷我們『神威鏢局』是什麼意思!?」

李惘中道：「意思就是：我要你活你才活，我要你死嘛——」

他用眼睛向場中的血屍瞄了瞄：「你就死定了！」

唐肯道：「好，要定我罪，把我送到衙裡審判！」

李惘中乜著眼笑道：「我都說了，來到這兒，給你什麼罪是少爺高興，用不著審來判去多費事！」

唐肯悲憤地道：「好！而今虎落平陽，大不了殺頭罷了，多廢話幹什麼！」

李惘中笑道：「我倒不想砍你的頭。」

唐肯一怔，李惘中已接下去道：「我只是想剝你的皮，把你的皮，從髮頂到腳趾，整張地，完好地剝出來……你的皮雖然粗糙了一點，但是很有韌性，是塊好材料。」

唐肯驚怒中一時沒回過意識來：「你說什麼？」

李惘中看了看他，忽然一笑，小心翼翼地把手中那張布緞似的東西揚了開來。

這一揚，足有數丈長數尺寬的是一幅畫：這幅畫刺繡得十分精美，唐肯曾過一眼，只見裡面繡的是亭台樓閣，豪華排場，像一個什麼壽宴珠光寶氣的祝賀場面。

唐肯只覺這畫一展開，便有一種逼人的氣氛，但卻不知這畫有什麼特別。

李惘中笑道：「我是說，我要把你繡成畫中人。」

唐肯更不明白。

言有信忽然說話了：「公子手上這張絕世奇畫，是用人皮造的。」

言有義接道：「太老太嫩有疤紋不適用的不計，這幅畫已用了三十四張人皮最精美部分接駁的。」

言有信笑道：「你應該覺得高興，因爲你是接下來的一個。」

言有義道：「所以公子不要你砍頭，只要你一張皮囊，要是你被剝了皮而能不死，那麼活著也無妨。」

唐肯幾時聽過這種可怖的手段，看到浴血中的老友，喉嚨裡擠出一聲：「你們——！」

李惘中頷首笑道：「便是。那個姓藍的原來身上有十七八道傷痕，可用的皮只有數吋，這姓張的好一些，大都能用，就不知你這張皮好不好用？」

唐肯怪叫一聲，全身一掙，鎖鏈雖然未脫，但頭上木枷居然給他掙裂了。

「巨斧書生」易映溪立即搖頭，道：「『豹子膽』，你也是武林中人，應該要自量力，憑你的武功，我們四個人裡哪一個你有辦法接上三招五招的？你還是免作無謂掙扎罷！」

唐肯知道易映溪說的是實話。

他曾經設想過自己各種死法：戰死、暗殺死、甚至病死、失足跌死、砍頭而死，從未想過自己有一天卻遭受被剝皮的求生不得、求死不能之苦。

他外號「豹子膽」，自然膽大過人，但眼見地上血肉猶在抽搐的血人，使他無法不感驚懼。

這時，外面忽傳來敲門聲，一中年錦衣人隨即匆匆走了進來，先向李惘中一揖，隨後向那個不知名的人一抱拳，道：「聶爺，大老爺有請。」

那姓聶的白頭人「哦」了一聲，望向李惘中，李惘中對這人倒禮遇有加，禮儀周到地道：「爹想必有急事，聶爺就先去一趟。」

那姓聶的向眾人點點頭，算是告退，也不見他長身而起，那檀木椅竟離地而起，倒似地面上有一層無形的墊子，這人連人帶椅，平平飛了出去，不徐不疾跟著錦衣人背後而去。

李惘中笑道：「聶爺的『神龍見首』，愈練愈見火候了，爹爹得此強助，何愁事不成！哈，哈哈！」

李惘中這幾句話和一笑，言氏兄弟和易映溪都陪著笑，言有義笑得特別大聲，言有信只是輕微嗤地一聲，算是笑了，易映溪則笑得很開心似的，不過是隔了一會才展現笑容。

唐肯當然沒有心機去留意他們的笑容。

他只是從李惘中的說話中，驀想起武林中頂尖高手裡一個也是姓聶的厲害人物……對那一個人物，唐肯所知也不多，只知道局主高風亮老爺子提到這個人的名字，也都跌足嘆息，說：「這魔頭本在陝西一帶揚名立萬，而今名震天下，但願咱們鏢局裡的人，誰也不要碰見這魔頭才好！」

那姓聶的白髮人走後，李惘中又望著他笑嘻嘻地道：「剝死人的皮，人一死皮就開始萎縮硬化，不宜刺繡；剝昏迷的人皮，皮膚鬆弛無力，也不適合下針，所以，只有活剝，人愈痛，皮膚就愈繃得緊，最適宜這幅絕世佳作……你就……忍痛一下吧。」

唐肯把心一橫，決定豁出去拚一拚，死在這些人手裡，也總比眼睜睜被人活剝皮的好。

——要死，也得在自己身上刺他箇六、七十刀，把皮膚割破，以免人死了身上皮囊還要受人整治！

正在這時，忽聽外面的隆閻王叫道：「公子，犯人已經帶來了。」

李惘中一揚眉，道：「帶上。」

隆閻王答道：「是。」門被推開，一人坐在木輪椅車上，推了進來。

這坐在木輪椅上的漢子，雙腿鬆軟無力，下盤虛空擺蕩，生得兩道濃眉，滿腮虬髯，雖就這樣坐著，但依然有一股迫人的氣勢。

唐肯一見此人，喜喚：「關大哥！」

這坐著的殘廢人正是關飛渡。關飛渡「唔」了一聲，滿眼血絲目光落處，瞥見地上的血屍，登時虬髯像刺蝟般豎了起來，怒道：「姓李的，到如今你還在幹這些傷天害理的事！」

言有信冷笑道：「關飛渡，你今日自身難保，還口出狂言，多管閒事！」

關飛渡道：「言有信，你們枉為武林中人，不知自重，為虎作倀，可惡已極！」

言有信還待說話，李惘中截道：「前日我跟你提的事，你考慮得怎樣？」

關飛渡哈哈一笑，道：「我現在雙腿已廢，報效於你，又有何用？」

李惘中道：「坦白說，以關兄的身手，縱答允為我父子效力，也難保不有變卦，而今……」看了看關飛渡一雙廢腳：「反而可以更信重關兄。」

關飛渡哈哈笑道：「我斷了一雙腿子，縱要窩裡反，你們也無所畏懼了？」

言有信插口道：「其實這種人，也不希罕，江湖上樂意為大人、公子效忠的沒一千也有八百，這人傲岸自大，不如殺掉算了。」

李惘中笑著斜睨關飛渡，道：「關兄，你可聽見了？」

關飛渡道：「聽見了。」

李惘中道：「要是你再執迷不誤，我可不一定再保得住你。」

關飛渡道：「我關某素來就不要人保住才能活下去。」

唐肯掙動鐵鏈，挪近關飛渡身前，大聲道：「關大哥我和你一同死。」

沒想到關飛渡低聲的回了一句話：「小兄弟，能不死時，還是不死的好。」

話一說完，雙手抓住鐵鏈發力一扯，崩崩數聲，唐肯身上所繫的鐵鏈竟給他一扯而斷！

這一個舉動，使得言有信、言有義二人一齊望向李惘中。

李惘中也因關飛渡完全罔顧他顏面而勃然大怒，「殺了！」

李惘中才講到「殺」字，言氏兄弟一左一右，形如迅梟，飛掠而起，夾擊而來，剎那之間，關飛渡所坐那張椅子，像給一種無形的壓力澎湃激蕩，「蓬」地碎裂成百片千點。

但關飛渡也在這剎那間前離開了木輪椅！

關飛渡雙掌一按椅沿，借力飛撲向李惘中。

他離開輪椅不過剎間，整張輪椅已經粉碎。

他的身形在言有信、言有義之間穿閃而去，十指箕張，眼看要撲到李惘中身上，突然，半空精光一閃，一斧迎空劈來！

這一斧威力之猛、速度之快，簡直如同電閃，但卻毫無聲息，關飛渡沉喝一聲，雙掌一拍，已夾住斧面，兩人都同時落了下來。

出手的人當然便是易映溪。

易映溪這一斧，居然被關飛渡雙掌夾住，如嵌入巨岩裡，掙動不出，心中驚怒，但兩人同自半空落地，情勢卻自不同。

易映溪雙足平平落地，立即紮馬催力。

關飛渡卻吃虧在沒有腿。

所以他是平空跌下的。

這一跌只要他一失神，易映溪聚力劈下，足可把關飛渡劈成兩半！

但關飛渡卻沒有跌倒，那是因爲唐肯及時奔了過來，關飛渡是平平落在唐肯的肩膊上的。

唐肯在下面大叫道：「關大哥，你不要怕，我扛著你，我扛著你——」接下去他還想講些什麼，但連一個字都說不出來。

因爲在他頭上的關飛渡，已經和易映溪交起手來，交手的狀況，他是看不見，但肩上的壓力，重得直把他腰脊壓斷似的。

唐肯咬牙苦撐，忽見易映溪一抬足，向他小腰踢來。

這一腳要是踢個正中，不但自己要身受重傷，只怕連關飛渡也背不住。

可是唐肯卻不敢閃躲。

因爲他只要移轉半步，不知對上面關飛渡交手的情形有什麼影響，寧熬著身受重傷，也不要因自己的移動而使關大哥失了一招半著。

沒料到的是易映溪那一腳，只踢了一半，便頓住，久久才收了回去。

這之後，易映溪有四次要向他頂膝、出腳，但都中途收回，易映溪每要出招傷他，事後必腳步凌亂了一陣子，幾乎把樁不住。

唐肯的武功也很不錯，在陝西一帶，「神威鏢局」可是大大有名的，而「豹子膽」唐肯在鏢局裡，也算是一員悍將，他的「少林神拳」底子極好，三十六路「鋒頭刀法」也使得出神入化，但這都比不上他的見識好。

唐肯立時可以判斷得出來：易映溪與關飛渡的交手中，易映溪取關大哥不下，數度要先傷了自己，來逼使關大哥失去了下盤的依靠，但關大哥卻以雙手的攻勢逼使易映溪數次攻至一半，便自動放棄。

——這樣看來，關大哥是佔了上風。

唐肯這樣想著的時候，便向上望去。

他一望，把他嚇了一大跳。

頭上全是斧光。

甚至斧頭已貼著他的頭皮，逼近他的鼻子，在上空迴來施去，銀光熠熠，煞是驚人！

唐肯這一看，驚出了一身冷汗。馬上低下頭來，再也不敢往上看。

——如此說來，佔上風的倒反是易映溪了!?

唐肯剛想到這一點的時候，突然之間，易映溪倒後退了八步，腳步踉蹌。

唐肯心略一寬，又往上一望，卻見適才的斧光，反而大盛，風雷之聲震起，形成銀芒燦目！

唐肯這才知道，關飛渡早已劈手奪得易映溪手中巨斧，正在應付著言氏兄弟的盤空攻襲！

四　斷臂

突然之間，「嗖」地一聲，巨斧飛出！

易映溪一縱身，半空接住巨斧！

——巨斧原本是在關飛渡手上的，現脫手飛出，顯然是非言氏兄弟之敵。

——看來，言氏兄弟的武功還要在易映溪之上！

唐肯心中大感震慄：他一直以爲易映溪的武功會在言氏兄弟之上，而今見此情境，知道言氏兄弟更難應付，不禁耽心起來。

只聞關飛渡一聲浩嘆：「要是我的腿還能動，你們一樣討不了好。」

言氏兄弟還未開口，李惘中已道：「幸好言氏昆仲向我進言，要是留下你雙腿也許還真留不住。」

突然之間，屋頂上「轟」地一聲，跟著「呼，呼」疾響，灰塵瓦礫，大片落下，唐肯被一些塵埃弄入了眼睛，一時睜不開來，也不知發生什麼事。

只聽有人大聲呼道：「關大哥，我們來救你！」

跟著便是激烈的搏鬥聲響。

唐肯只覺自己肩上一陣震盪，再便勉力承受，再睜開眼時，只見言有義嘴角溢血，扶在白色的牆邊，血像花河一般濺開了。

唐肯忽覺肩上的人一陣搖晃，正想發問，忽見自己頭上也有一些腥濕的液體淌落，唐肯一看，原來是血。

唐肯駭問：「關大哥——」

關飛渡沉聲喝：「追李惘中——」語音中斷，似肺部突然抽緊一樣。

「砰」地一聲，唐肯瞥見一個穿密扣勁裝的漢子，浴血倒地，手中的刀也跌在一旁。

關飛渡斷喝一聲：「快！」

李惘中這時已從床上站起，易映溪神色蒼白，一面發出尖嘯，一面揮動銀斧，又一名勁勇的漢子給他劈倒！

唐肯再理不得，舉步向李惘中處發力猛奔——

「虎」地一聲，易映溪一斧橫劈而至！

唐肯正要閉目不敢看，勇奮前衝，忽覺膊上一沉，然後一輕，關飛渡已越過易映溪頭上，飛撲李惘中！

易映溪登時顧不得斬殺唐肯，斧鋒一翻，倒割而上，唐肯清楚地瞧見斧面上噴濺出一蓬血花，在關飛渡的腹腔飛割而過！

可是關飛渡也到了李惘中身前。

李惘中「錚」地拔劍，關飛渡一掌擊落他的劍，一手抓住他的咽喉，關飛渡落地時，把李惘中也一起扯倒。

兩人才倒地，一人已然撲至，便是言有信。

言有信雖已趕到，但卻不敢出手。

因爲李惘中已落到關飛渡手中。

唐肯幾乎不敢置信，李惘中的武功竟如此低微，一招之內，便被身負重傷而且殘廢的關飛渡擒住。

言有信後面，緊跟著三名漢子，一個揮動流星錘，一個手持月牙鏟，另一個拿鋸齒刀，一起向言有信背後遞刺出去！

言有信霍然回身，也不見他怎麼動手，已把一人踢飛，奪下月牙鏟，架住鋸齒刀，關飛渡倏地一聲大喝：「住手！」

言有信丟下月牙鏟，退到一旁。

這時言有義和易映溪已一前一後，包抄關飛渡，虎視眈眈，卻不敢動手。

關飛渡道：「你們再動手——」聲音一噎，顯然內外傷一齊發作，痛楚非常，「我就殺了他！」說著手上一用力，那李惘中早已臉白如紙，這一捏，卻使他脹紅了臉。

言氏兄弟和易映溪相覷一眼，誰也不敢妄動。

李惘中卻也倔強，嘶聲道：「你們快進來殺了他，別管我！」

關飛渡怒叱：「你不怕死!?」

李惘中傲慢地道：「諒你也不敢殺我！」關飛渡抓住他脖子的手又一緊，李惘中悶哼一聲，依然咳嗆著說：「你殺了我，天涯海角，都逃不掉！普天下的捕快，也不會放過你！」

關飛渡另一手捂住胸膛，怒笑道：「我就殺你看看！」

言氏兄弟一齊急叫道：「關老大，且慢動手！」易映溪也情急地道：「有話好說，有話好說！」

關飛渡臉色轉了轉，看了看唐肯，又望了望在房裡殷切盼待的三名漢子，長吸一口氣，道：「不殺他，可以，讓我們走！」

易映溪臉上立即現出爲難之色，言有信卻立即道：「放你們走可以，但要先放了公子。」

李惘中斷聲道：「別讓這些王八羔子走——」

關飛渡手上又緊了一緊，李惘中的聲音立時哽住了，關飛渡斬釘截鐵地道：「不可以，他要跟我們一道走，待到了安全所在，才放他回來。」

言有信臉上露出了遲疑之色，言有義接道：「關……關大哥，您可不能言而無信啊！」

關飛渡冷哼一聲，道：「我可不是言氏兄弟，我說過的話，幾時有不算數的!?」

言有信、言有義一起異口同聲的說：「是，是，江湖上的弟兄，那個不說關大哥一言九鼎，生死無悔的！」

易映溪立刻現出不同意之色，望向言氏兄弟，躊躇地道：「可是——」

言有信沉聲道：「易兄，救公子要緊。」

言有義也道：「關大哥說話一向算數。」

易映溪只有把要說的話吞回肚裡，李大公子的命萬一有了個什麼差錯，這是二十個易映溪都擔待不起的事。

那三個在房裡的漢子，本來臉色都一直繃緊著，現在才較寬鬆下來，其中兩人去察看已經倒地的兩個同伴，剩下拿鋸齒刀的大漢興奮地道：「關大哥，我們走！」

關飛渡道：「我已叫你們不要來了，你們就是不聽話！」

拿鋸齒刀的大漢道：「不僅我們來，丁姐姐也來了。」

關飛渡忽然間神色變得牽罣、苦澀，交織成一片，唐肯自見到他開始，直到帶傷出手制住李惘中，臉色都從來沒這麼難看過。

關飛渡臉色雖然難看，但眼睛卻似燭苗般點亮了起來。

唐肯見過這樣子的神情。那是他局子裡的小跟班「小彈弓」愛上了局主的掌上明珠高曉心的時候，便有這種患得患失的神情。

他作夢也沒想到英雄豪勇的關飛渡關大哥，也會現出這樣的神情。

言有信、言有義見關飛渡臉色數變，生怕關飛渡殺人，各趨前一步，只聽關飛渡厲聲問：「裳衣在哪裡!?」

拿鋸齒刀的漢子不料關飛渡如此聲厲，一怔，持月牙鏟的放下已死去的同伴，道：「丁姑娘以爲您仍在牢裡，跟老七、老九闖進去了。」

關飛渡急叱：「還不施發暗號叫他們撤走！」

持月牙鏟的漢子忙答：「是。」

仰天撮唇尖嘯，一長三短，又三短一長，嘯音淒烈，直似電割雲層，傳了開去。

這時外面已經有騷亂的聲音，火光熊熊閃晃。

言氏兄弟相覷一眼，又自往左、右逼前一步。

關飛渡氣急地道：「糟了，他們被人發現了。」

拿流星鍾的漢子道：「大哥，您先退走，您走了，大伙兒都會隨你走。」

唐肯也插口道：「是呀，關大哥，你先走——」

關飛渡沉聲道：「大家一起走——」忽瞥見言氏兄弟又各逼進一步，已經離自己極近，叱道：「停——」

驀然「砰」地一聲，一身著亮藍綢質勁裝，紫蘭色披風的女子，自屋頂而降，猶似一朵紫色的牡丹花，在一個令人全然意料不到的環境裡冉冉綻放。

這女子一落地，叫了一聲：「關大哥。」嗓音微微有些低沉，像古琴中幾個低調一起撥響，語音的情切似秦箏的乍鳴。

關飛渡一見這女子，眼中盡是愛慕之色，正想說些什麼，倏然之間，掌握中的李惘中，竟一反肘，重重撞在他的腰脅上！

關飛渡吃了這一撞，悶哼一聲，手一鬆，李惘中脫離掌握，急掠而出！言有義、言有信這時已同時掠了上來，一迎向李惘中，一截向關飛渡！

關飛渡知道自己這行人生死存亡，全在能不能制住這惡少身上，身形一按一彈，急射而出，已到了李惘中後面。

關飛渡再要出手，言有信已撲到，雙指迸伸，直插關飛渡雙目。

關飛渡左掌一遮，以掌格住言有信雙指，但言有信指勁了得，竟在他掌心戳了兩個血洞。

可是關飛渡的右掌易爲爪，抓住李惘中之後衿，同時間發出一聲大叫：「你們快走，聶人魔回來了可誰都走不了！」

李惘中性子桀傲，一被抓住，迴劍反斬，但關飛渡五指一緊，分別扣住他後頸三處穴道，李惘中登時掙身不得，劍也垂了下來。

這幾下鶻起兔落，李惘中脫逃，關飛渡追捕，言有信阻攔，及至關再捉住李，而李出劍落空之際，言有義雙拳已向關飛渡胸膛擊出！

這剎那間，關飛渡一手擋住言有信雙指，一手抓住李惘中，除非放人，不然就得硬挨言有義足可碎石裂碑的「僵屍拳」！

關飛渡居然不放人，也不退身，連言有義在這電光火石間也以爲雙拳已經擊中關飛渡，然而事實上，言有義的雙拳只險險在關飛渡雙脅與雙肘間穿了過去，擊了個空！

言有義雙拳擊空，心知不妙，如果關飛渡還有雙腳，自己便一定吃了大虧！

言有義也是應變奇速，尖呼一聲，直沖而上！

李惘中剛掙脫之時，場中的四名漢子和那女子，都一起兜截過去，但他們身形甫動，易映溪也同時發動！

易映溪的巨斧舞揚開來，一片銀光熠熠，如狂飆驟至，電旋星飛，以一柄巨斧，籠罩五名敵手，彷彿無人能入雷池一步。

銀光中藍衣一點，突破斧影而出！

眼看巨斧像巨石輾花一般要把這纖纖細腰切爲兩截，倏然之間，女子足尖就在斧面上借力一蹬，急縱而起，巨斧砍了個空！

女子投向關飛渡處！

易映溪知道眼前數名敵人中，只有這女子武功最好，言氏兄弟已在全力搶救李公子，如果自己連幾個小腳色都罩不住，日後自己想在李大人麾下呼風喚雨，恐怕不容易了。

想到這裡，心中一橫，飛斧脫手而出，半空呼嘯急旋，追劈那女子！

那女子已搶近言有義背後，跟言有義交了一掌，言有義匆促招架，兩人各向左右退了一步。

關飛渡見那女子來到，自是大喜，但這時飛斧已然斬到！

關飛渡陡喝一聲：「小心——！」

那女子已然省覺，烏髮「伏」地一甩，紫披風急驟昇起，宛似一朵藍海棠忽自地上開到了天上！

飛斧帶著尖嘯與銀光，險險擦過！

飛斧擊空，即急旋飛劈向關飛渡！

擋在關飛渡身前的是李惘中！

飛斧變成向李惘中旋劈而去！

這一下，不僅易映溪大吃一驚，就連言氏兄弟也措手不及，李惘中頸上穴道受制，更嚇得臉無人色。

這下突變，眾人都不及救李惘中。

關飛渡突喝了一聲，本來抓住李惘中後頸的手，陡然一鬆，跟著手臂一長，在李惘中肩膊上直伸，在急旋得只剩一團光影的飛斧裡一抓！

這一抓，已拿住斧柄！

急旋的飛斧立時停止！

這時，易映溪等才鬆了一口氣，連言有信、言有義都不禁喝起采來。

卻不料劍光一閃，李惘中猝然迴劍斬落，關飛渡不意李惘中居然下此毒手，不及縮手，然雙腿已廢，飛退無及，一隻右手已給李惘中砍了下來。

李惘中一招得手，「哈哈」一笑，劍勢回指，抵住關飛渡下頷，怪笑道：「你也有今日。」神情得意已極。

這時，關飛渡右手才「噹」地落下地來，五指還緊握著銀光閃閃的斧頭。

第二部　牡丹羅剎

一　逃亡

關飛渡一時之間，還未感覺到痛楚，只感到憤怒、悲恨與難過。眾人也都靜了下來。

李惘中用手一捺，在關飛渡頷下抹了一條血痕，得意地道：「怎麼樣？現在落到我手裡了罷？——」還要說下去，忽給關飛渡深痛惡絕的眼神懾住，一時說不下去。

隨著便是那女子一聲充滿哀傷、心痛的輕呼。

言有義忽然叫了一聲：「公子，殺了他，快！」聲音竟微微有些顫抖。

李惘中一錯愕間，關飛渡猝然揚起手掌，他唯一剩下的一隻手，一拳就向李惘中臉部揮去！

李惘中武功並不好，但關飛渡這一掌也全無章法可言，李惘中情急間揮劍一架，關飛渡也沒有縮回左拳。

拳「砰」地擊中李惘中臉部，李惘中鼻血飛濺，往後飛跌了出去，他的劍也穿在關飛渡的手臂裡！

那女子恨叱一聲，撲到關飛渡身前，舞劍捲起狂花，把要撲過來的言有信與言有義逼了出去。

關飛渡已開始感覺得椎心刺骨的疼痛，啞聲道：「妳走，你們快走——」

女子的劍揮得更緊，女子不住地回頭看關飛渡：「我不走，不走，一起走——」

驀地，李惘中怪叫一聲。

聲音軋然而斷。

他中了關飛渡一拳，本來一直往後跌去，好不容易才站住了身子，突然間，胸前凸露了一截帶血的刀尖。

李惘中怔了怔，不敢相信這是個恐怖而絕望的事實，才叫出聲來，便已氣絕。

在背後刺他一刀的人是唐肯。

唐肯的武功，比起那些勁裝漢子，也不會好到那裡去，他武功在這些人中並不特出，又不知如何跟這班援手配合，只好呆在那裡，看瞬息數變，觸目驚心，直至李惘中卑鄙暗襲斬掉關飛渡一隻手，唐肯血氣沸騰，往上直衝，再也憋不住，地上抄了一把刀，見李惘中恰好飛跌而來，一手抓住穩下，再一刀就捌了過去。

這一刀，把李惘中穿心而過，立斃當堂。

李惘中一死，在場的人，無有不怔住的。

唐肯鬆了手，李惘中連人帶刀趴了下去，這時，誰都可以看得出李惘中已然死了。

言有信試著叫了一聲：「公子——」

半晌，言有義瘂聲道：「你——！」

唐肯也感覺到自己一時憤怒，雖是做了一件痛快事，但卻是錯事。

——這些人中，最尊貴的是這個惡少，武功最弱的也是此人，照理應該挾持著他，讓大家得以平安離開這兒的！

——自己卻把他一刀殺了！

唐肯看著地上的死人，鮮血迅速地染紅了一大片白地毯，漫延到自己腳下，他忍不住退了一步；他從來沒有想到，有朝一日，他竟會親手殺了黑白兩道無人不賣帳，陝西省高官，青田縣縣太爺的獨子！

關飛渡忽喝了一聲：「一定要把他救走！」他這句話是對女子說的，那女子愕了愕，才意會到話中的「他」是指誰。

關飛渡一說完了那句話，臉上顯出了一個悲痛決絕的神情，澀聲叫了一句：「保重，快走！」

突把頭一擰，左肘一擰，盡餘力急射而出，「砰」地頭撞牆上！

一時鮮血飛濺，女子和數名大漢均不及搶救，紛紛驚呼：「關大哥！」

言有信、言有義這時一齊掠到李惘中伏屍處，帶起一陣罡風，唐肯本來張大了口，因心中極度的恐懼而大叫一聲，但都給勁風逼了回去。

那四名勁裝漢子見關飛渡一死，心都亂了，屋頂上又落下了一名精悍青年大漢：「丁姊，咱們——？」

丁裳衣背向他們，跪在關飛渡屍首之前，雙肩微微起伏著，顯然是在抽搐著。

言有信確實李惘中已回天乏術，臉色青白一片，疾站起疾喝：「殺無赦！」言有義卻閃身抄起落在地上的那幅人皮畫。

那四名大漢手持兵器，嚴陣以待，隆牢頭奔出房去，大聲疾呼，這時丁裳衣忽然回頭，她回頭的時候，臉上本來還有淚痕，但在回首的剎那，她已經揮手揩去，她用低沉得像觸動傷痛最深處的語言道：「保護這個人離開！」

那持月牙鏟的大漢問：「大哥的遺體——？」他本來是想把關飛渡的遺骸抱走，不料「哄」地一聲，丁裳衣纖手揮處，打出數點星火，一下子蔓成大火，把關飛渡的遺體烘烘地焚燒了起來。

那精悍青年詫異地呼道：「丁姊——！」

丁裳衣起身，自地上抄起劍，說了一句：「人都死了。」已掠到唐肯處。

唐肯只覺眼前一花，一陣香風襲來，那女子已到了自己身前，唐肯只看到一張風韻楚楚的臉，有說不出的雅緻，道不盡的高貴，但再雅緻和高貴都掩飾不了，這女子眼神裡刻骨銘心的痛苦，唐肯在這時分裡怔了怔，忘了自己正處於生死關頭，彷彿重見到一個親人，在自己身旁，剎那間的安慰和滿足，彷彿老人在死前見到最心疼的兒女到了床前。

丁裳衣看也沒看他，疾道：「還不走!?」

言有義喝道：「截下殺人兇手！」

丁裳衣一扯唐肯，呼地一聲，紫雲般飛昇上屋頂的破洞！

言有信、言有義、易映溪三人分三個方向同時包抄了過來，但使月牙鏟、鋸齒刀、流星錘的三名大漢各自兜截了過去，只有那精悍青年跟著丁裳衣和唐肯掠出屋頂。

丁裳衣足尖才沾屋瓦，弩聲四起，飛矢如蝗，自四面射到，丁裳衣忽卸下紫披風，捲舞兜迎，把箭矢都撥落，向屋瓦的破洞下叱道：「不可戀戰，快走——」

她只說了幾個字，再沒有說下去。

因爲她瞥見裡面的情景。

那一瞥當中，已經知道那三個好兄弟再也不可能走得了——他們爲截住言氏兄弟及易映溪的追擊正在拚出生命的最後一點餘力。

她跟下面的三名大漢正如已經伏屍在室裡及牢中的三人一樣，都是情同手足的好弟兄，原本他們在下面拚死，她也不會獨活。

但她只瞥了一眼，立即下了一個決定：不管怎樣，一定要活出去。

她的劍突然不見了。

◇◇◇

披風狂舞，像一朵失去控制紫色的迅雲，舒捲翻湧著，飄到官兵伏身之前，官兵拔刀相抗，在紫色祥雲中無處可襲，忽「哎喲」一聲便倒了下去。

當他們看見披風中露出一截紫藍色的劍尖之際，都已來不及相抗。

唐肯和英悍青年也在全力廝殺。唐肯已奪得一柄紅纓槍，青年拿的武器是銀梭，兩人並肩殺了出去。

丁裳衣披風過處，如摧枯拉朽，回首再把唐肯和青年身邊數名敵人刺倒，黑瘦子叫道：「丁姊，西南方！」

丁裳衣一扯唐肯，往西南方掠去，在圍牆上、屋瓦上埋伏的七、八名衙差，紛紛阻攔，唐肯正要動手，卻見眼前紫氣中隱現劍光，敵人一個個都倒了下去。

突然之間，丁裳衣的搶進陡止。

月色下，牆頭上，站了一個人。

乍眼間，看不清楚，還以爲是一具僵屍。

唐肯怔了怔，再看才知道是言有信。

言有信道：「披風羅刹，放下劍，妳不是我的對手。」

丁裳衣沒有答話。

她的劍已出手。

紫披風雲朵一般罩向言有信，劍尖在剎那間刺向言有信眉心穴。

言有信雙目平睜，一眨也不眨，待紫披風舒捲中木然不動，一俟劍尖突現，他的頭一偏，避過一劍。

丁裳衣一劍不中，又刺第二劍。

言有信也是凝目以觀，待劍尖刺出時，才退了一步，避過刺胸一劍。

丁裳衣的披風籠罩之下，等顯現劍尖時，已間不容髮，但言有信就在這千鈞一髮間避了開去。

丁裳衣的披風抖動，像玫瑰花蕾乍然吐綻一般，層層疊疊，往下罩落。

言有信雙眼發出幽異的藍光，定定的望著紫披風，不閃不躲。

紫披風罩下，並無劍光。

言有信全身已給紫披風罩住。

這時，丁裳衣倏然出劍，劍尖要穿破披風刺殺言有信。

言有信倏地出手，中指「拍」地彈在劍身上。

丁裳衣喫了一驚，右手穩住劍勢，左手一捲，紫披風緊繫言有信的脖子。

正在這時，下面呼喝連聲，易映溪揮舞巨斧，飛掠過來。

唐肯提著紅纓槍，舞得虎虎作響，可是逼近的衙役愈來愈眾，唐肯也愈舞愈吃力，彷彿是槍帶動著人，而不是人帶動槍。

丁裳衣心中大急。

忽聽罩在披風裡的言有信含混的道：「姑娘，先往內裡闖，那兒是家眷居處，很少伏兵，到最高那閣樓才轉向西南，即可突圍。」

丁裳衣起先聽到言有信說話，怔了一怔，未能置信。言有信既然能發聲，那紫披風自然奈何不了他，最令丁裳衣錯愕的，倒是言有信的話。

言有信正在指示她一條出路！

——只是言有信的話，可不可信？

丁裳衣還未來得及說話，只覺手腕一震，披風再也罩不住言有信，震揚開來，言有信忽「哎喲」一聲，自牆頭摔了下去。

丁裳衣眼角瞥處，百數十名衙役正蜂擁而出，再也不及思索，一拉唐肯，揮劍刺倒三、四人，正想救那精壯青年，卻見青年已給易映溪纏上，知已無望，往內直掠！

這一下，丁裳衣不往外逃反往內闖，果令眾人驚訝，言有信在下面大叫道：「快，快去保護大人家眷！」

內圍的防守本就疏鬆，加上陣腳大亂，丁裳衣與唐肯很快就掠到了後園，瞥見最高的樓閣，即轉西南，沿圍牆飛馳，遇到兩次阻擊，丁裳衣披風激揚，刺倒了三人，忽聽下面一聲呼哨，一輛馬車，正在圍牆下等著！

馬車旁，正有兩個漢子，仰著脖子往上望。還有一名老者，坐在馬車前，手裡執著鞭子，滿臉都是焦急之色。

三人一見丁裳衣，喜叫：「大哥呢？」

丁裳衣搖了搖首，三人一起現出失望之色，其中一人，刷地掣出雁翎刀，往內就闖。

另一個粗眉但眼睛發亮的大漢一把抓住他，叱喝道：「牛蛋！做什麼!?」那叫做「牛蛋」的嘶聲掙道：「別攔我，我替關哥報仇！」

丁裳衣忽覺後面風聲陡起，原來是那精悍青年喘氣咻咻的趕至，後面追著一大群人，為首的是易映溪，手中銀斧漾起燦光。

丁裳衣一躍而下，摑了牛蛋一巴掌，牛蛋一怔，丁裳衣低叱道：「你要報仇？你這是去送死！」那坐在轡上的老者叫道：「丁姑娘，快上馬車！」丁裳衣向唐肯、青年一招手，三人同時掠入馬車。

丁裳衣向那在外的兩個漢子喝道：「還不快進來！」

那粗眉大眼的漢子道：「人太多，馬跑不快，咱哥兒倆去引開追兵！」

丁裳衣深深的望了他們一眼。

她只望了一眼。牛蛋與粗眉大漢眼裡都透露了感情。丁裳衣一點首。那御轡者立即吆喝一聲，四馬齊嘶，撒蹄急馳。

青年執住銀梭，臂額都是沾著汗滴和血水，躥到車後，抓緊車沿，雙眼直直的望著車外；唐肯也隨他看去，只見那些衙差已翻過牆來，四面八方也出現許多官兵，湧向那兩名留著的大漢。

那兩名大漢正各一拍對方肩膀，往兩個跟馬車相反的方向疾奔而去，很快的變成了一個小黑點，跟其他許多黑點廝殺起來。

馬車奔馳，風很猛烈，唐肯已經自由了，但他的心情依舊沉重。

◇◇◇

丁裳衣坐在車內，背向二人，始終沒有說話；駕車老者的呼吆之聲，不斷傳來，也不知是在催馬速奔還是要喝出心中的鬱悶。

馬車奔馳了一會，後面居然砂塵滾滾，有七、八勁騎漸漸逼近。老者鞭響之聲更急，兩旁景物，愈閃愈快，馳入鎮中，路上行人慌忙走避，但老者在危亂中依然控縱自如，不但偌大的馬車沒有碰傷一人，連車身也沒碰撞過街邊的攤子。

後面緊追的馬匹，遭遇可就大大不一樣了，每逢彎角或陡然的窄路狹橋時，不是自己跌得個馬翻人臥，就是把行人撞倒，十分兇悍狼狽，只是其中有數騎，看得出是精悍好手，一面呼著：「別讓殺人重犯逃了！」一面鞭馬控轡直追。

忽然間，前面道旁躍出八、九名衙差，拔刀喝道：「停車！下車！」

老者只望了丁裳衣一眼。

丁裳衣猶自沉思裡乍醒，點了點頭。

老者低吟一聲，手一收緊，馬車漸緩，攔車的一名都頭攔身喝道：「統統滾下車來……」話未說完，老者長嘯一聲，長鞭半空速起四個鞭花，拍拍拍擊在四匹馬背上。

四匹烈馬，一齊蹄捲鬃揚，疾騁飛馳，那都頭走避不及，登時被撞倒，其餘兩、三名衙役，也忙不迭的跑避，剩下三名衙役拔刀要斫馬，但見丁裳衣一揚手，細如毛髮的銀光一閃，已倒下了兩名，另一人手起刀未落，已給老者一鞭捲飛了斬馬刀。

馬車繼續前闖。

後面追得最貼近有三匹馬，馬上三人都英悍十分，其中一人張弓來射，但因馬上巔簸，難以瞄準，都給唐肯和青年撥落。

忽然，後面一騎，追上三騎，馬上的人彎弓搭箭，竟是言有義。

「嗖」地一聲，箭脫弩飛射，正好老者駕著馬車在此時轉了一個彎，這一箭勁力雖強，但卻在唐肯與黑瘦子二人之間穿了出去，射了空！

這一箭雖然射空，但一直飛出去，正好射向老者後心！

唐肯和青年都知道言有義的武功了得，見那一箭射空，自是誰都不去硬接，不料這一箭取的是老者背心，兩人均吃了一驚，一齊往內撲將過去。

兩人同時搶出，都是應變奇速，唐肯身形魁梧，勢較威猛，搶在前頭，但青年勝在伶俐，在唐肯腋下鑽出，一手抓住箭尾。

同時間，唐肯亦握住箭身！

兩人手指一觸及飛箭，只覺猶如碰沾炙鐵，但兩人救人心切，都不縮手，箭身強力反震之下，拍拍二聲，年輕人的無名、尾指指骨發出震裂的聲響，而唐肯悖強握住箭身，掌心也烙了一道血印。

不過兩人始終沒有放手，才截得下那一箭。

那青年臉色痛得發青，瞪了唐肯一眼：「好漢子！」

唐肯也悶哼一聲：「有種！」

英悍青年忍痛道：「叫什麼名字？」

唐肯道：「唐肯。」

精悍青年又白了他一眼，道：「豹子膽？」

唐肯反問道：「閣下？」

青年人道：「許吉。」

唐肯一驚道：「『拚命阿吉』？」

丁裳衣忽道：「現在還不是敘談的時候。」她說話的聲音低沉，仍背著身子。

許吉即應道：「是。」與唐肯回身把守車後，才知言有義那箭射出，胯下座騎竟被生生壓斃，座騎萎倒，言有義已飛上另一騎，一掌把馬上捕快推了下來，不過，這樣已是慢了一慢，老者熟練卓越的御馬術已把這些人拋離了一段路。

只聽那老者一面在大街小巷左穿右插，一面疾問：「要出城還是回巢？」

丁裳衣只略想了一想，即答道：「回巢。」

老者嘶鳴一聲，策馬又轉了七、八個彎，忽向丁裳衣作了一個眼色，齊喝一聲：「起！」

飛身掠入一家大宅裡。

唐肯一怔。許吉一把抓住他，也向大宅圍牆上躍去。那馬似通人性，繼續拉著車篷往不遠處的城門疾馳。

這時，城門口已把滿了官兵，以致唐肯在大宅飛簷上才張了一張，也可以感覺「插翅難飛」這句話之貼切。

二　英雄舊事

唐肯和許吉落入大宅內，落腳處可見蘭亭台榭，山石花木，是在宅子的後園之地。

丁裳衣和老者已前疾去，沒入假山萋草間。

唐肯和許吉稍稍呆了一呆，忽聽一人嘯聲呼道：「喂，這邊，這邊！」

只見一個裝扮似家丁的人，招手示意，向園林旁閃去，唐肯和許吉連忙跟上，不一會便看見一道半月門，門外有四名大漢，兩頂寬大的寬轎。

只聞第一頂轎子竹簾裡傳出丁裳衣低沉的聲音：「快，上來！」

許吉招呼一聲，跟唐肯迅疾地掠入另一竹轎裡，兩人貼身而坐，近得可以聞到彼此的鼻息。

他們一入轎內，轎子就被抬了起來，支支戛戛作響著，一搖一晃的往前行。

他們在轎子裡聽到外面騷亂的聲音，有步卒、馬蹄、呼喝、還有人們爭相逃避、小孩哭叫的聲音。

轎子忽然停住。

前面有人喝問：「呔！轎裡是何人？我們要檢查！」

又聽一人沒好氣的道：「喂，你沒看見這是『菊紅院』的轎子嗎？裡面準是『菊紅院』的姑娘們了，嘻嘻……」

先前那人改用一種近乎侮狎的聲音道：「嘿，裡面坐的是那位姑娘啊——？」

只聽抬轎的漢子道：「我們抬的是牡丹姑娘的轎子。」

攔路的人一聽，都似吃了一驚，忙道：「不知是牡丹姑娘的轎子，恕罪恕罪，請過請過。」就讓兩頂轎子過去了。

唐肯自然一頭霧水，隱約聽到後面二人猶在低聲嘀咕道：「牡丹姑娘哇……她不是跟咱們魯大人相好的……」

「別說得那麼響，魯大人的手段，你沒見識過!?」

唐肯從竹簾縫隙望去，只見先前說話的那個官兵伸了伸舌頭，不敢再說什麼。

轎子繼續前行，把後面的官兵都拋遠了，卻來到一座仙館銀燈、玉石拱橋的府第前，府前張燈結綵，充溢著鶯鶯燕燕的蕩語靡音，自有一種柔靡迴蕩的氣氛。

唐肯雖然一直是住在宋溪鎮中，但也見過這青田縣的首要大城裡最著名的流鶯藝妓之所在：「菊紅院」。

唐肯斷沒想到，自己前腳才離開監獄，後腳已跨入妓院來了。

那兩頂轎子直抬入「菊紅院」，鴇母和龜奴也沒有阻攔。

兩頂轎子一直往樓上抬去，直到三樓長廊，這些抬轎的人臉不紅、氣不喘，顯然都是內功甚有造詣的高手。

唐肯至此方才比較可以猜得出：這些人想必是來自一個有組織的幫會，這些人平常各有司職，販夫走卒，風塵女子各適其所也各恃所長，他們這次本擬救關大哥出困，不料關大哥因爲一念之仁，遭奸賊所害；想到這裡，唐肯不禁義憤塡膺。

——這班狗官！仗勢欺人的衙役！那有資格做執法的人！

轎子在長廊，忽分兩方而行，丁裳衣那頂轎子，往東折去，東面廓室衣鬢香影，華貴典麗，而唐肯和許吉這頂轎子是往西抬去，西面是幾間小房，倒也清雅乾淨。

轎子抬入房中。

許吉向唐肯一點首，一躍而出。

只見抬轎的兩名大漢，神情都有些發急，一人哽咽著問：「關大哥……他真的……？」

許吉難過的搖首：「大哥他……遭了賊子暗算！」

那哽咽者臉上現出一副決絕的神情，陡拔出牛耳尖刀，便要走出房去，另一虬髯大漢一手抓住他，低聲喝問：「你要怎樣？」

原先的高顴大漢咬牙切齒地道：「今晚那姓李的狗官會來這裡尋歡作樂，他害死大哥，我就給他一刀！」

虬髯漢子叱道：「老六，李鱷淚的武功何其了得，大哥都尚且不是他的對手，你莽然行事，只害了大家！」

那「老六」氣得冷笑道：「老八，你沒膽子，你不要去！」

許吉忙道：「六哥，不能去，大哥不在了，一定要聽丁姊的命令行事，你不顧幫規了麼!?李鱷淚帶的是那姓魯的狗官來，他自己可不一定到，你又從何下手!?」

「老六」一聽，垂下了頭。

許吉向唐肯介紹道：「這位是『豹子膽』唐肯，大哥在牢裡的患難弟兄。」

唐肯向那兩名大漢見禮。

「多謝兩位相救之恩。」

兩人一聽唐肯在獄中跟關飛渡共過患難，也都尊重起來，老八拱手道：「我姓嵇，你叫我嵇老八便是。」

「老六」也道：「剛才我氣急，唐兄弟一定見怪。我姓萬，也叫我萬老六便得了。」

唐肯忙道：「兩位哥哥義薄雲天，為關大哥之死當然悲憤，唐某只有佩服，何以見責。」

這時，有兩個乖巧白淨的婢女端水盆走了進來，在內室也盛好了熱水，水裡還放了柚蕊柏葉要替唐肯等人擦臉洗身。嵇老八、萬老六初似不慣被人這般服侍，說道：「罷，罷，我還是到後面去洗。」兩人說著退出房去，只剩下許吉和唐肯。

唐肯見那兩個女子前來替他揩抹換衫，頗不習慣，有點不知如何是好，許吉笑道：「你們出去吧。」兩婢留下臉巾水盆，退身出去。

許吉用手示意，叫唐肯揩臉，自己也掏水洗臉。

唐肯擦了臉，浸在木盆裡，把月來在獄中的穢氣髒物擦個乾淨，許吉笑道：「你是犯什麼刑的？沒想到那麼快便出來罷！」

唐肯長嘆了一聲。

許吉忙問：「怎麼？是我說錯話了麼？」

唐肯嘆道：「並非許兄說錯話，若沒有大家救我出困，我真的不知何年何月出來！」

許吉道：「這便是了。唐兄弟應該高興才對，又嘆什麼氣呢？」

唐肯道：「我是出來了。但是，跟我一起被抓進去，同樣冤枉無辜的兄弟，有的死了，有的還在那裡。」

許吉沉默了一下，拍拍唐肯肩膊，道：「也許有一天，我們實力充足的時候，便可以惡懲善賞，把好人放出來。」唐肯苦笑一下，牢裡關著這許多人，也不知那個是真的有罪那個是無辜的，就算能攻破監獄，也不知如何判決。

唐肯也拍拍他的肩膀，道：「你們這兒是……？」

許吉笑道：「妓院呀。」

唐肯仍問：「你們是……？」

許吉道：「妓院裡打雜的呀！」見唐肯臉色發怔，便笑道：「這兒原是一個幫會的人，有的做轎夫，有的當樵夫，有的在妓院裡混混，這些人在這豺狼當道的亂世裡，大家化整爲零，在市井間爲百姓作些小事……這組織叫做『無師門』，他們之間沒有師父，只有一位大哥，就是關飛渡關大哥——」

唐肯聽他的語氣，便問：「你跟他們——？」

許吉展開兩列整齊潔白的牙齒笑道：「我是最近才承蒙關大哥引介加入『無師門』的。」

唐肯「哦」了一聲，道：「關大哥一定對你們很好的了？」

許吉道：「何止很好。我聽兄弟們說，要是沒有他和丁姊，大家早都要給那班貪官污吏整死，更學不得這身本領。」

唐肯忍不住問：「那位丁姊……」

許吉笑道：「丁裳衣，丁姊姊。」

許吉道：「你放心，丁姊雖是女流，但她比這兒的男子漢還要堅強，她不會有事的。」然後又道：「我出去打點一下，你不要亂走動，這兒閒雜人多，免惹麻煩。」

唐肯點點頭，許吉便走了出去。

◇◇◇

唐肯沖洗後換上衣服，站在欄杆上望下去，只覺涼風習習，夕陽如畫，風窗露檻，視野極佳，可見遠處晚鳥碧空，雲海金碧，近處芍藥吐秀，綠荷含香，正是初上華燈的時候，遠眺過去，居然可以略及城門。城門守備森嚴，又似列隊準備迎迓什麼人物似的重大儀仗。

唐肯納悶了一陣，忽聽門口「嗖」地一聲輕響，唐肯急回身，似有一物閃過，又似空無，只有夕陽斜暉，無力的燙貼在畫棟上。

唐肯以爲自己眼花，但是在刹那間的映射裡，確是有人一竄而過。

唐肯怔了怔。樓下依然傳來行酒令狎戲笑鬧之聲，隱隱約約。

唐肯忽然想到，這一班市井豪俠，寄居在這樣龍蛇混雜的地方，還能保持雪志冰操，忒也難得。

但他仍然肯定自己剛才明明瞥見有人。

不過這感覺很奇怪，明明看到是人，但彷彿人的形象又不完全，就像看到鳥而無翅，花而無色一樣。

他想了一想，不覺探頭出去。

沒有人。

這一探頭間，看到了走廊上東廂那列高雅的房子。

唐肯再回到房裡來，夕陽在畫棟上似貼了一張陳年的舊紙，唐肯忽然想起丁裳衣。

藍衣紫披風的丁裳衣，帶著風塵和倦意站在那裡。

唐肯揉了揉眼睛，才知道是幻覺。

他揉去了幻覺，但揉不去內心的形象，彷彿丁裳衣還倚在柱上，那感覺伴著樓下的笙簫靡音，像一個習慣於歲月無常的幽怨婦人，在物是人非的瓊樓玉宇雕龍畫鳳裡幽思綿綿。

唐肯覺得自己一旦想起丁裳衣，就越發忍不住要想下去。

丁裳衣美得像一朵在晚上盛開的藍牡丹，但又定得像香龕裡的淡煙，那麼艷的開在那裡，又飄忽無定。她跟關大哥是什麼關係？關大哥死了，她一定很傷心了罷？她現在在幹什麼？她現在在哪裡？

唐肯想到這裡，不由自主的放輕了腳步，往東廊的廂房走去。

這時日暮遲遲，暖洋洋的照在簷上、柱上、瓦上、樑上，有一種封塵的感覺，人也變得懶洋洋起來。

唐肯經過三、四間廂房裡，都聽見笙歌、勸酒、浪語、狎戲的蕩語淫聲，心中一陣怦怦亂跳，三步變作兩步，躡近東邊廂房，也不知哪一間。

這時，「咿呀」一聲，一道房門被推了開來。

唐肯覺得自己這時候被人看到似乎不好。

心裡一慌，背後便緊貼一扇門戶，心亂間不覺用了些力，忽地搨門一弛，向後跌了進去。

唐肯「骨」地跌了進去，自己也吃了一驚，只見那房間佈置得雅緻溫馨，幽香撲鼻，顯然是女子香閨，便想離開，但那在對面開門出來的丫鬟似聽到微響，側首往這兒張了一張，唐肯忙把全身退了進去。

待得一會，那丫鬟走後，唐肯正想離去，忽聽房內有飲泣之聲傳來。

這聲音熟悉而又陌生，好奇心驅使之下，便往內走去，那房間佈置得甚爲奇特，愈走愈是深闊，在一座精雅的黑色屏風之後，還有一層布幔。

唐肯覺得這樣偷窺別人的隱私，似乎有些不妥，正想乾咳一聲示意，卻正好在此時聽到這樣淒而低沉的聲音，像把無數悲思貯積成暗流的碎冰，刺傷心頭。

「關大哥，你死了，叫我怎麼活？你死了，就逍遙了，自在了，我呢？不是說過，誰也不許先死的嗎!?……」

唐肯聽得心頭一震，這正是丁裳衣的語音！

這時又聽到丁裳衣抽搐著道：「……你把這殘局都留給我，這不公道的，我都不要管了，你活著，我幫你照料，你死後，我要來作什麼？你時常要那班兄弟過得好、活得好，可是，你自己為什麼要死呢？你這樣一死……我，我也跟你一起去，大哥，你慢走一步，等我把──」

語音決然。唐肯大吃一驚，再也顧不了許多，呼地衝了進去。

這一衝進去，就瞥見丁裳衣手腕持著利剪，指著自己頸上。

唐肯大叫一聲：「丁姑娘，萬萬不可──」因為衝得太猛，捲起布幔，迎頭罩下，捲住了他的身子，然而他還一味發狠往前直衝，以致「哧波波」數聲，整張布幔裹著他的身子被撕裂了一大片。

唐肯奔至丁裳衣面前，雙手被布幔捲裹著，一時騰不出來搶奪丁裳衣手中的剪刀。

只見丁裳衣穿著白色的內服，烏髮披在肩上，豐腴勻好的姿態更增媚色，雖然她眼神裡有些微驚怒的樣子，但看去依然淡定。

唐肯見到她美艷的樣子，怔了一怔，更加心痛，一疊聲的說：「妳不能死，妳不能死，丁姑娘……」邊說邊掙動，他力大如牛，一掙之下，幔布是裂了縫，反而扯了下來，罩住他的頭臉，嘴巴也給布絮塞住，一時作不得聲。

好不容易才掙出臉來，又想說話，丁裳衣忍不住一笑。這一笑，好似幽黯的全室都亮了一亮。她背後的黃銅鏡、梳妝奩、披掛在古老椅背的寶藍衣裙都照亮了起來。

然而她的唇紅如鳳仙花汁，臉白如雪，一對眼睛彎彎的像蛾眉月一樣，唐肯不禁看得癡了，布帳仍裹捲在他身上，他已忘了掙扎。

丁裳衣臉上又換上一層冷寒的薄霜：「你來幹什麼？」

唐肯楞然道：「妳不是自殺……？」目光瞥見桌上有數綹烏髮。

丁裳衣忍不住笑了笑，用貝齒咬了咬紅唇，道：「出來。」

唐肯狼狽地抖開了裹在身上的布裹，一直說著：「對不起，我以爲妳在……」轉身要行出去。

丁裳衣忽叫住他：「告訴我，你是在什麼時候認識關大哥的？他……他在裡面活得可好？」

唐肯轉首望去，夕陽在窗外的畫簷上，有一棵不知名的樹，樹梢輕搖，還有幾隻不知名的鳥啁啾著。唐肯不知道丁裳衣眼裡漾晃著的是不是淚光。

他很快就接下去說，說時帶著神采：「……關大哥一到了獄中，我們獄裡就似來了救星，妳不知道，從前那牢頭和幾個班頭，愛怎樣就怎樣，有一次，用一種極毒辣的刑具，把韋老爹的手指甲一隻隻拔出來，但大哥即時破牢而出，妳道他怎樣……？」

丁裳衣眼睛閃著神采：「怎樣？」

唐肯一拍大腿哈哈地道：「大哥三拳兩腳，把那幾個慘無人道的傢伙打倒，然後用那扯指甲的器具，來把他們的牙齒一隻隻拔掉！你猜大哥怎麼說？大哥說：『你們害人害得興高采烈的，這次反害其身，讓你們嘗嘗害人的滋味！』大哥元氣充沛，這一說話，全牢都聽見，牢裡兄弟，莫不拍手叫好！」

◇◇◇

丁裳衣也不覺低呼一聲，「好！」

唐肯見丁裳衣欣然，便又敘述關飛渡在獄中的第二闕英雄事。關飛渡在牢裡雖然虎落平陽，但仍然有說不完行俠仗義的事。

唐肯說著說著，叫著「大哥」的名字，彷彿也真箇成了「關大哥」身邊那一名生死患難的老兄弟，自己講得時而熱血賁騰，時而頓足搥胸，渾然忘我。

丁裳衣也悠然聽著，有時含笑，有時帶淚。

◇◇◇

窗外夕陽西沉，繁星如雨，布了滿空，已經入夜了。

然而房內兩人，還在一聽一訴，像細說著天寶遺事。

只是那些英雄故事裡的英雄，已跟天外的星月一般，縱有英魂，也是閃亮而無聲。

三　男與女

房外的世界，漸漸熱鬧了起來，這熱鬧夾雜著喧嘩、狎戲聲和寂寞沙啞的胡弦琴的鳴響，有人咿咿呀呀的唱著小曲，相形之下，房裡更顯悽寂，彷彿那一切喧鬧，是屬於房外的世界，只有那一二聲胡琴才是屬於房裡的。

唐肯說著，丁裳衣聽著，房裡暗了下來，誰也沒有去點燈。

丁裳衣靜靜的聆聽著，最後是一聲嘆息：「真不明白大哥武功這麼好，明明可以逃出來的卻不逃。」

唐肯看見靜坐在灰暗中的丁裳衣，烏髮披在右邊的白衣服上，髮色比夜色更濃，只有三件事物在這暗室裡是亮著的：那就是銅鏡，掛在椅背上的藍衣和丁裳衣的眼神！

唐肯從來沒有見過圓臉的女孩原來天生有一種柔和，可以沒有顧礙的跟空間合爲一體，圓融剔巧，唐肯也從來沒有想過那麼豐腴的身材，腰身卻盈僅一握。

唐肯道：「我知道。」

丁裳衣側了側頭，微帶著問號的表情。

唐肯道：「關大哥跟我們說過：他是在一次格鬥中，誤傷了圍觀的途人，覺得有罪，便束手就縛，依法服刑，大概只一年不到的刑期……」

丁裳衣頷首道：「這我知道，以大哥的武功，如果他不要留，誰攔得了他！」

唐肯道：「丁姊，衙裡新來了幾名高手，妳可曉得？」

丁裳衣道：「言家兄弟武功雖高，但還勝不了大哥，加上一個『巨斧書生』，至多扯個平手，也不見得如何難纏。」

唐肯道：「我聽大哥說，有個高手，姓聶——」唐肯立即可以感覺到丁裳衣在黑暗裡微微一震。「聶千愁!?」

唐肯忙道：「我不知道叫聶什麼，只聽大哥說，那姓聶的不好對付，如果他一蹓了之，姓聶的就會到處搜尋他的下落，一定會連累他的弟兄的……關大哥還說，他是來坐牢贖罪的，根本不想逃，在牢裡，順此可以幫幫裡面的苦命人！」

丁裳衣幽幽低沉的道：「大哥真是……！」

唐肯道：「……後來，官老爺知道關大哥進來了，要請他出來，他就是不肯出來，李大人命人送他錦衣玉食，他若不是盡悉退還，便是給我們分而享之，李大人後來好像氣了，遣人來召請他幾次，每次回來，大夥兒問他怎麼了？關大哥總是瀟灑地說：『他們要我去當走狗，真是狗眼看人！』大概李大人給他回絕多了，以後，也少召見關大哥了，關大哥依舊常替獄中孤苦無告的弟兄出頭，不料……」

丁裳衣倏伸手握住他的手，唐肯一震，只覺丁裳衣柔荑軟得像棉花一般，但冰冷而微濕。

唐肯囁嚅道：「不料……」

丁裳衣低叫了一聲：「關大哥……」語言一凝，命道：「說下去。」

唐肯吞下了一口唾液，道：「不料……後來關大哥好像得罪了李大人的少爺，好像……好像不肯替那李惘中做什麼……那個李惘中便暗下叫隆牢頭用迷藥把關大哥弄倒，閹割挑筋，廢了他下盤……」

丁裳衣恨聲道：「大哥，我們來遲了，我們來得遲了！」

唐肯道：「以後的事……妳都看見了？」

丁裳衣慘笑道：「我們派人去李鱷淚的府邸搗亂，目的是把聶千愁引走，再全力劫獄救大哥的，誰知……」丁裳衣說到這裡沒有再作聲。這時，房裡已經暗得不辨五指，唐肯只感覺到丁裳衣就存在自己對面，聽到細細的呼息，也有一種艷美的感覺。

這暗室相對的感覺十分動人。唐肯忽想：關大哥剛剛才殉難，他和丁姊同是自己的救命恩人，而他現刻思潮卻像牽絲攀籐盡是在念著丁裳衣的呼息，感覺著丁裳衣的一顰一笑一哀一怨，彷彿比剛才的生死大難還重要十倍百倍，他不禁想掌摑自己：唐肯啊，你是人不是？

隨著他又想到：既然這種思念是真誠衷心而又無法抑制的，那有什麼罪惡呢？自己並無有逾禮教，而又是至誠想念，那有什麼不對呢？為什麼要自制呢？這樣想著，好似先是擠寒了冰塊，然後浸入烘爐裡，時寒時燥，心緒百轉，臉上烘烘地熱了一片。

丁裳衣在黑暗裡不知是在流淚？還是墮入憶想裡？唐肯不禁追尋著這些疑惑。

其實丁裳衣什麼都沒有想。她聽完了關大哥的軼事，彷彿自己已經死了，自己化作一個全不相干的角色，在一旁看著別人為自己的死屍裝飾、上香、膜拜、入棺、釘封，她也全不動容。

她想起身點燈，卻沒有點著。那純粹是因為懶於點燈，在這一刻裡，不想見光，也不想有任何動作。

這時，外面忽有破鑼似的聲音尖喊：「哎呀牡丹，魯大人來了，妳在裡面幹什麼呀？還不快點燈出來迎迓。」

唐肯一時不知如何是好。只聽丁裳衣冷淡地道：「又一個狗官來了。」

「刹」地刷亮的火引子，兜得手臉一團濛濛的淡黃，像在敦煌石窟裡燭照見雕刻在壁上的天女像。

唐肯道：「我……我該……」

丁裳衣道：「這狗官一來，外面都有人把守，你先進衣櫥裡避一避，我先打發掉他，一切回頭再說。」

唐肯本來想說：不必爲我把人趕走，忽又覺得自己似沒資格說這句話，只嘴唇噏動一下，便沒有說下去。

◇◇◇

丁裳衣沒有再看他。她斜了側面，肩膊的白服隨著胴體漾起了匀好的弧度，正在披上那藍色的外服。也許因爲她是江湖俠女，故此沒有什麼顧忌，偏就唐肯望去的時候，丁裳衣正在穿著右袖子，可以瞥見她左衽露出的酥胸，燈映出一暈微賁的饅丘。

唐肯怔了一怔，向左走了幾步，回頭，再向右走，走了幾步，忙暈了頭。

丁裳衣不經意的問：「你幹什麼？」

唐肯急道：「我找衣櫥。」

丁裳衣也沒去笑他，用手一指道：「吶，那不是偌大一座衣櫥麼？」

唐肯這才醒悟，忙跑去衣櫥那邊。丁裳衣這才微微一笑，成熟艷麗的臉上，在一笑間流露稚氣。

那鴇母在房外又叫道：「牡丹，牡丹，還不快點，要給魯大爺等火了——」

忽聽一聲輕咳。

鴇母這一類很可能是天底下最知機的一種族類，即刻轉換道：「要給魯大爺等急了，妳可沒福份唷！」說罷自己先笑了起來。

丁裳衣慢條斯理的披上藍衣，然後點燃了一枝香，雙手合著，閉起雙目，拜了一拜，插在爐上，房間登時香氣襲人，才走到梳妝檯前坐下，在髻上插上金釵，又化妝畫眉，一面淡淡地道：「他要走，給他走好了。」

鴇母登時發急：「妳——」

那乾咳聲又響起，倒是斯文有禮：「不要緊，不要緊，牡丹姑娘慢慢來好了，我不急，我不急——」

鴇母在外笑道：「魯——魯大爺的耐性真好，這樣的耐心，女兒家必真喜歡到貼心裡！」

只聽那斯文淡定的聲音也乾笑道：「我不急，我當然不急，我還急什麼呢？嘿哈！」

唐肯躲進衣櫥門縫望去，只見丁裳衣淡然梳妝，不知怎的，一看這燈下的美人圖，唐肯不但覺得怒意全消，而且過往在獄裡所受的種種苦，都彷似有了交代，沒有缺失。

這時，忽一人長身步入，旁邊隨著滿臉堆歡的鴇母。

丁裳衣也不驚惶，微微轉過身來，斂衽一福，道：「見過魯大人。」那人五綹長鬚，容貌甚爲清俊，笑呵呵地道：「免了，來這裡找妳，只分大的小的，那分什麼大人小人的。」

丁裳衣道：「魯大人不分，小女子可不敢不分，男女有別，大人說在門外稍候，不傳一聲，卻就過來了，這算什麼意思？」

那「魯大人」「呃」一聲，鴇母道：「哎呀牡丹妳這姑娘，今個兒吃錯了什麼藥了？竟對大老爺這般說話！」

魯大人用手一揚，制止鴇母責斥丁裳衣，仍陪笑道：「姑娘要是怪我禮數不周，我就出去門外靜候再來。」

說著正要退出去，丁裳衣冷然道：「這也不必。」魯大人横了鴇母一眼，鴇母知趣，左搖右擺又歡天喜地的走了出去，還把房門關上，並在門外唱嚷道：「你們倆好好敘敘，我會叫人端酒菜來伺候大爺。」

丁裳衣冷寒著臉色道：「你便是靠這種人才往來自如無阻礙！」

魯大人掏出一把梳子，梳了梳頷下的唇髯，笑著用手搭向丁裳衣肩膀：「今晚誰激怒了妳了？美人兒。」

丁裳衣肩膀一沉，魯大人搭了個空，他本身官位甚高，官威也熾，就算皇親國戚，也會給他三分顏面，而今丁裳衣一再讓他碰釘子，不禁心頭有氣，正想發作，瞪目望去，只見一盞孤伶伶的燈下丁裳衣芙蓉似的嬌靨，怔了一怔，終於沒把脾氣發作出來，用手理理長髯，發出了幾聲冷笑：「我知道。」

丁裳衣不去理他，側坐下來，把披在肩上的烏髮盤回頭上，露出一段圓潤的後頸，口裡咬著釵夾，偏首在鏡中凝視，從唐肯在櫥裡的角度望去，燈光映著面頰，有一種帝后似的風情，幽靈似的美。

那魯大人懊惱地道：「牡丹，妳所做的一切，別以爲我不知道，只是，我不想揭露出來罷了。」

丁裳衣把粉盒在桌上重重一拍，站起來，回身，道：「把你知道的說出來吧，看我會不會就怕了你。」

魯大人口氣登時放軟了：「我們在五年前就已經相好過，我們又何必鬧成這個樣子？」

丁裳衣把臉轉了過去，不去看他。

魯大人語音帶著很深的感情，道：「牡丹，妳的身子，我哪一處沒有看過？哪一寸沒有摸過！妳現在對我這樣，算是什麼嘛。」

丁裳衣道：「魯大人，你說話放尊重點，過去，我在青樓裡，混得很淒涼，還給你下了迷藥，失了身子，這就罷了，你要再提，別怪我把你趕出去。」

魯大人依然涎著臉道：「妳可知道我朝思暮想，都在思念妳的身子，妳這冷艷的容色，奇怪！我不是沒有見過美麗漂亮的女子，但我還是對妳思念得緊……妳過往對我也不致如此，今晚怎麼這樣子拒人於千里之外呢？」

丁裳衣道：「今晚我不高興看到你。」她的紅唇像鮮亮顏色的指天椒，聲音卻低沉如叩磬響。

魯大人顯然有些光火了：「為什麼？」

丁裳衣道：「不高興就是不高興！」

魯大人狠狠地道：「我知道妳為什麼不高興！——」他一字一句地道：「因為妳那給人閹割了的姘夫，今天給人宰了！」

丁裳衣寒起了臉，「你！」

魯大人也扯破了臉：「我怎樣？妳以為我都不知道？妳其實也不是什麼好貨色，妳就是女強盜頭子『藍羅剎』丁裳衣，別以為我叫妳牡丹，就不知道妳是羅剎！」

丁裳衣冷笑怒道：「好，魯問張，魯大人，那你想怎樣？」

魯問張老羞成怒的道：「我一直不說破妳的身分，就是留待妳一個機會，讓我倆可以重拾舊歡，讓姓關的小子事敗之後，妳也好有一個活命之所——我不保妳，天下哪有人保得住妳？李鱷淚是什麼人！他心細如髮，明察秋毫，沒有我，妳能活到現在!?妳還不瞭解麼!?」

丁裳衣先是有些微激動，隨後也鎮定了下來：「你是怎麼知道的？」

魯問張道：「有聶千愁在，還有什麼不知道的！」

丁裳衣一個字一個字地從齒縫裡吐出來：「聶，千，愁！」然後慘笑道：

「聶千愁探得的消息，李鱷淚沒有理由不知道。」

魯問張趨前一步，執住丁裳衣的雙手，道：「如果不是我，關飛渡一死，他就會發兵到『菊紅院』把你們七個分壇剿滅個雞犬不留了！」

丁裳衣淡淡一笑道：「那你來幹什麼？」

魯問張氣得鬍子都激揚了起來，「我是來保住妳呀。」

丁裳衣一笑，抽回雙手，淡淡地道：「謝謝了，魯大人，你保夠了，請回吧。」

魯問張急道：「妳這是什麼意思？」

丁裳衣淡淡地道：「我對你沒有意思。」

魯問張道：「妳爲什麼這麼傻！爲了死去了的關飛渡，值得嗎？」

丁裳衣冷笑道：「你要真是好人，就該保住關大哥不死，要是真爲了我，就不該讓人殺了關大哥。」

魯問張情急道：「關……關飛渡這小子在獄裡膽大妄爲，我怎保得住他？」

丁裳衣一手指著他：「那是你不保！你不保他，休想來保我！他死了，我也不準備活了！」

魯問張強忍恚怒道：「這又何必呢？妳是妳，他是他，妳又不只有他一個男人，妳爲他這樣，犯不著罷？過去那麼多日子，妳都過了，如今何必爲一時之氣……」

丁裳衣道：「不是爲一時之氣，你不懂得。」

魯問張再也按捺不住，大聲問：「什麼我不懂!?妳說得出我就懂！」

丁裳衣突然提高的聲調，臉靨也在刹間飛起兩片紅雲：

「他不止有我這一個女人，我也不只沾他一個男人，可是他死了，我不要活，如果我死了，他也不會活得開心——」

她像一頭被激怒的貓：「你懂不懂?不懂，出去！」

魯問張胸膛起伏，一時不知說什麼話，又掏出把梳子整理長鬚，但手在震抖，這時房門外有兩聲輕叩，只聽那鴇母擠著像母雞下蛋一般的聲音在門外叫道：「魯大爺，酒菜送來囉唷！」

魯問張不理外面的聲音，突問：「妳知不知道爲辦這樁案子，京城裡來了什麼人!?」

丁裳衣嘴兒一噘，淡淡地道：「我只知道從這兒望下去，黑鴉鴉的迎迓人物一大堆，倒是要恭迎丞相大人入城一般！」

魯問張盯住她，一字一句地道：「來的人便是『捕王』李玄衣。」

丁裳衣的眼神燦亮了一下，像一隻貓踽踽行著忽然遇敵。

魯問張頓了一頓，接下去道：「這位捕王到來，就是爲了提拿你們這群叛亂和殺人兇手歸案！」他的鬍子已梳得又齊又亮，但他還是用梳子梳括著，彷彿怕它沾了一粒微塵。

他接著說下去：「四大名捕裡也會有人來，名捕一到，就算十個關飛渡百個高風亮，也一樣完蛋大吉，更何況是妳！」

四　突圍

鴇母偕兩個婢女把門推開，眼前出現魯問張臉紅耳赤的與丁裳衣對峙著，不由得錯愕了一下。

只聽魯問張恚怒地道：「丁裳衣，妳再不知悔悟，休怪我無情！」

驀然之間，砰訇數響，四面窗門皆被撞開，每個出口處皆有一人，所有的出口都被封死！

丁裳衣神色不變，一揚袖，燈忽滅！

燈滅之間，錚地一聲，一道劍光已閃著銳芒刺出，刺至一半，燈滅，劍光也倏地不見！

劍光雖已不見，但劍依然刺出！

忽「刷」地一聲，一道光團漸亮，映出了拿火引子者的手，正是魯問張。

魯問張左手持火引子點燭，右手拇、食二指，挾住了丁裳衣的劍尖。

只聽魯問張道：「藍羅剎，妳還是乖乖地束手就擒吧。」

丁裳衣沒有答話，她突然踢起布幔，布幔向魯問張當頭罩下，剎那之間，兩人同時被罩入布幔裡，唐肯望去，只見那布幔像海水一般翻蜷著，卻看不見兩人決戰的情形！

唐肯登時爲之急煞。這時整個「菊紅院」上下忽然響起了一片打殺搏鬥的聲響。

忽見「嗤嗤嗤」數聲，那布幔一下子多了一處破洞，一下子又增一條裂縫，那藍汪汪的劍尖映著白光，驚忙一瞥的閃耀一下，立時又沒了影蹤。

唐肯心裡鬆了半口氣：——至少，丁裳衣的劍再也不是給魯問張抓著的。

但他仍不明白魯問張如何能在狹窄得無可施展的布幔籠罩下，如何閃躲騰躍來避開丁裳衣的劍法！

正在他才剛剛放了一點心之際，「呼」地一聲，那布幔像一面撲旋的飛碟斜旋而起，藍影一閃，急躥而出，後面緊追著的是森冷的劍光！

劍原來已在魯問張的手裡。

魯問張長髯激揚，手中劍似靈蛇一樣，追噬丁裳衣。

丁裳衣身形極快，她疾掠之時，披風成一張鐵片也似的激揚開來，但劍尖就往她披風之隙刺進去。

丁裳衣迅速往前掠，但門口已有三、四名衙役持刀守著，那鴇母和婢女早已被砍倒在地，丁裳衣自度可以在三招內把這幾人擊倒，但背後的劍已逼近她的肌膚，她連施半招的時間也沒有。

她身形一轉，轉向窗櫺，那兒也有人把守著，她立即再斜掠出去！劍已追到！

丁裳衣掠到了衣櫥之前，驀然轉過身子，她一張冷玉似的臉在劍光下映寒！

魯問張眼看這一劍要刺中丁裳衣，劍意未盡，劍勢已收，就在這劍將刺未刺，要中未中之際，丁裳衣雙手一揚，兩道白光急閃，已射向魯問張臉門！

魯問張沉腕一掣，劃了一道劍光，「玎」地震飛一截「掌劍」，另一道「掌劍」卻已襲至臉門，魯問張一偏首，隱閃過劍光，頭髮卻披散了下來。魯問張在江湖上外號「寒夜聞霜」，他不但是進士出身，文才謀略，都有過人之處，而在同期進京考試的人中，只有他可以在比武擂臺中奪魁，由於他文武雙全，文章武略，皆獲當朝鑒品爲翹楚，引起七名來自各方應考的高手不服，在雪夜襲擊他。

當時，魯問張與三名朝廷大官圍爐小酌，談詩論詞，正在討論「雪暮賞梅疏見月」的下一句，魯問張正悠然說：「寒夜聞霜……」忽含笑而止，因爲他已聽到夜行人飛上屋頂驚落幾片雪花的聲音。

魯問張笑笑道：「……我去去就回。」出去應七人圍攻之戰，殺三人，傷二人，退二人，回來後把句子聯接了下去：

雪暮賞梅疏見月
寒夜聞霜笑殺人

故此，魯問張也得了「寒夜聞霜」的雅號，實則意指他「笑殺人」。

他險險躲過丁裳衣兩記「掌劍」，吸一氣，正想說幾句體面話，不料丁裳衣又是一頓足。

這一頓足間，兩道劍光自靴尖激射而出！

魯問張大叫一聲，叮地震劍格飛其一，另一已打入他的右脅裡，他只覺一陣刺痛，怒上心頭，一劍便向丁裳衣胸膛刺下去。

丁裳衣雖然以「靴劍」傷了魯問張，但她卻避不開魯問張這一劍。

驀地哇的一聲大吼，衣櫥裂碎，現出一人，抓住一件衣袍，捲住了劍身，用力一扯！

若在平時，唐肯不但捲不住魯問張的劍，也不可能扯得動魯問張，只是此刻魯問張全沒料到衣櫥裡有人，而且受傷在先，一時把樁不住，直跌入衣櫥裡。

在這瞬息間，魯問張只覺胸部劇痛，他只來得及護著頭和胸，其他身上不知中了多少拳，挨了多少腳。

唐肯一下子把魯問張打入衣櫥裡，借衣服纏捲痛打一輪，全出乎他自己意料之外，這時，那些衙役已全湧了過來。那些衙役一見唐肯自衣櫥衝了出來，都喫了一驚，有幾個衙役戟指大叫：「殺人犯！殺人犯！」

唐肯聽得一楞，他想，自己可沒有殺死那姓魯的官兒呀！

那些衙差也怔了一怔，即刻提刀喊殺衝了過來。

瞧這些人衝過來的神態，倒不是著緊爲救魯問張，而彷似只要抓到唐肯或殺了唐肯，也會有重大賞賜一般。

丁裳衣劈手奪回長劍，劍光閃動，已刺倒當先一人，一拉唐肯衣袖疾道：「走！」

唐肯突然發了狠，叫道：「等一等！」居然不退反進，拳打腳踢，擊退四、五人的圍攻，還劈手抓住一個衙役的衣衿，揪了上來，那衙役嚇得臉無人色，手中刀也瑲琅落地，搖手叫道：「不關我事，不要殺了，不要殺我……！」

唐肯喝問：「什麼殺人兇手!?」

那衙役愣了一愣：「什麼？」

這時兩名衙差潛近，一名給丁裳衣刺倒。

另一名在唐肯臂上砍了一刀，唐肯可拚出了狠勁，一起腳把那人踹飛出去，仍喝道：「爲什麼叫我做殺人兇手!?」他原本給栽陷的罪名是「監守自盜，打劫官餉」，幾時又多了一條殺人罪？心中更是耿耿。

那衙役嚇得牙齒打架似的抖哆：「我……我……不……不關我事……上面說你……逃獄……殺了李少爺——」

唐肯虎吼一聲，雙手一撐，把偌大一個人直甩了出去，咆哮道：「好，好！殺人是我！盜餉是我！你們高興判我什麼罪就什麼罪，你們喜歡用什麼刑就什麼刑！」

唐肯身形魁梧剽悍，這一番逼虎跳牆的神威，嚇得包圍者一時不敢搶進，其中一名六扇門捕快似的人沉聲道：「唐肯，你既然知罪，還不快快束手就擒！真要俟到『捕王』李大人親自出馬來降服你才知悔麼!?」

唐肯其實心裡也極害怕，尤其自獄中一旦得釋，何其不希望能不再陷入牢裡的非人生活裡！如今又聽聞名震八表的「捕王」李玄衣也參與圍捕行動，明知已難望活命，心中更是驚懼莫名！

唐肯嘶吼一聲，正要豁出了性命衝殺上前，忽然之間，聽得房外不遠處有人慘叫一聲。

◇◇◇

這一聲慘呼，異常悽厲，使人不寒而慄。

這一聲慘呼過後，外面兵器交擊之聲依然不絕於耳，有人叱道：「呔，賊子，還不就縛，這就是你們的下場！」又有人喝道：「不必多說，拒捕者格殺毋論！」

唐肯卻認得那一聲慘號。

那是萬老六的聲音。

從那一聲慘叫聽來，萬老六已身遭毒手了。

由於那一聲慘呼，反而激起唐肯求生的鬥志，只覺冤屈纏身，步步殺機，但他要留一條命，來雪冤洗恥。

這時，丁裳衣已第二次向他叱道：「走！」劍光熠熠，已衝破一道血路。

唐肯跟在她後面殺出房門。

本來兩人打算自窗口掠出去，但窗外、簷上、樓下、欄杆處埋伏無疑太多，他們剛衝到欄前，只見漆黑夜裡有幾處都起了火，火光中映出了竄伏交手的人影，那火也像玩具火一般，有不像是真的，離得太遠的感覺。

丁裳衣卻知道關飛渡和她所聯絡的一干忠肝義膽的兄弟，全要給這場火毀了。

她掠到欄前，只見蒼穹星光寂寂，然而四面八方的衣袂之聲帶著殺氣刀光向她逼近。

所以她反而不從這裡躍下。

她一扯唐肯衣襟，反自房內殺了回去。

房裡的衙役不虞丁裳衣和唐肯竟反撲回去，一時措手不及。

兩人一殺出房間，就看見龜奴、藝妓有的死，有的傷，有的倒在血泊中呻吟，餘下嵇老三和剛才喬裝轎夫二名，分別與衙役搏戰著，另外兩名「轎夫」，一個橫屍就地，另一個已被擒住，傷得奄奄一息。

唐肯一面揮舞雙拳，奪得一柄虎頭刀，瞥見有一個在向傷倒在地呻吟的女子用腳力踹，唐肯看得按捺不住，一刀就斫過去，那衙役沒想這四個要突圍而出已萬難的亡命之徒，居然有一個倒回頭來砍自己一刀。

衙差忙中一刀反搠。

這一刀刺在唐肯右胸，但唐肯來勢洶猛，絲毫不減，一刀斫下。

衙差空手去擋，五隻手指被砍掉。

衙差過度恐慌，已忘了疼痛，嚷道：「饒了我，饒了我——」

唐肯本想再砍一刀，終改起腳把他踹飛，罵道：「你們這樣見人就殺，比強盜還不如！」

這時丁裳衣已衝至樓下，藍衣映著刀光閃伏，唐肯退留回樓上，七、八個衙役已包圍著他，丁裳衣一仰首，似乎正決定要不要去救唐肯，忽見房口「砰」地一聲碎裂，一人激射而至！

這人到得何等之快，自房裡直掠樓下，右手已搭在丁裳衣左肩上，丁裳衣回劍反刺，那人一縮手，左手又搭在她右肩上。

丁裳衣向後一卸，連退三尺，但那人身形一晃，又在她身前。

丁裳衣知不能困守，在這等倉皇的情勢之下，依然反刺一劍，直套那人咽喉。

那人冷笑一聲，伸手一捉，竟把劍身捉住，丁裳衣一看，見那人五綹長髯，巍然而立，正是魯問張，知道今晚要逃出這干人的魔掌，已然無望。

這時，樓上劇鬥的唐肯，被一名捕快踹了一腳，背脊撞斷欄杆，丈八高的直摔下來！

唐肯往後跌下的時候，只覺耳際呼呼作響，旁邊的斷木、兵器一齊打落，還有三、四名衙差跟著躍落追擊，就像夜叉惡鬼一般，他心裡呼喊著：這次完了，這樣死去，實在冤枉，實在是太冤枉了……！

忽然間，他覺得背部觸著了事物。

他以為已經著地，心裡正等待那一下震盪與劇痛。

不料他就像跌在雲端裡似的，一點也不覺得痛。

唐肯的反應也相當之快，他一彈即起，卻見身旁倒了三名衙差，不是手腕被刺就是腳踝受傷，這三個原本正追殺他的衙差，全在刹那間受了傷而失去戰鬥的能力。

唐肯吃了一驚，回頭望去，只見一個人，衙差打扮，帽插官翎，但以布覆臉，手裡提著一柄沉甸甸的大刀，他拿著卻輕如無物。

唐肯想到那在刹那間失去戰鬥力的三名衙差，所受的傷俱是極輕但又恰可使人失去力量作戰，原來竟是這幪面人手中足能一擊斷大樹的巨刀造成的，心中震訝實不下於那幾名正衝上來的衙差之下。

那人沉聲道：「殺出去！」只見他大刀揮舞起來，變作雪也亮的一旋刀光，衝入衙役之中，但卻沒有用刀傷人，只在指肘肩膝間把敵人撞倒或震跌出去。

唐肯只覺那人出手，似曾相識，大叫道：「好漢，你是──？」

那人身形十分高大，刀亦甚爲沉重，他每以無可匹禦的聲勢，搶入敵手近處，刀揚處竟以刀鍔把對方擊倒，這樣子的刀法非要藝高膽大而且又宅心仁厚的人不能使。

那人向唐肯喝了一聲：「蠢材！」唐肯這才醒悟，這麼多在六扇門吃飯的好手正在圍剿他們，他居然當眾問那人是何方神聖，可謂蠢鈍至極！

那人打出一條血路，讓唐肯退了開去。

唐肯退到了大門口，只見有一人揮舞長鞭，像一條長龍的影子，把衙差逼得走不近去，唐肯一見大喜忙過，原來便是那駕車的老者，長鞭快速迅疾，但已喘氣呼呼，後勁不繼了。唐肯叫了一聲：「我來助你！」

那人嘴裡咕嚕了一聲：「泥菩薩過江自身難保，還說助人！」卻連人帶刀舞旋過來，把圍攻老者的衙差也擊倒震飛。

那人又喝一聲：「此時不走，還待何時!?」

唐肯看到老者，想到許吉和嵇老八的安危，便問：「許吉他們呢？」

老者臉上血淚縱橫，「都死了……大家都死了……我不知道……我不知道……」

那人喝道：「別多問，快走！」

唐肯和老者已掠出門口，唐肯這時回首，只見人群中一點藍衣，仍夾在數十黑衣紅邊的衙役裡，正跟對面一個白衣長鬚人苦苦力抗，唐肯於心不忍，覺得自己不能剩下她不理，當下渾忘生死之險，叫道：「我不走！」

這時門口包抄過來的衙役很多，四面八方都湧了過來，那人又急又怒：「你幹什麼！?」

唐肯往內就衝，吼道：「你們先走，我跟丁姊一起走！」

五　庖丁刀法

那人實在搞不懂唐肯，恨恨地一斜身用頭撞飛了一名撲來的衙差，問身邊的老者：「他幹什麼？」

老者搖搖首，比剛才還要六神無主。

唐肯拚了命殺回去。

那些衙差見他形同瘋虎，不去反回，都不敢阻攔，反而讓他殺至丁裳衣身邊。

唐肯氣喘咻咻，傷口流血，滿身是汗，「丁姊……」

丁裳衣叱道：「滾！」

唐肯道：「我不滾！」

丁裳衣氣白了臉：「你──！」

只聽一人冷笑道：「妳不滾他不走，正好擒成一對！」

唐肯一看，見是魯問張，魯問張白臉長鬚，本來一臉儒雅溫文，現在卻變成兇狠惡煞。

唐肯「虎」地一刀當頭砍去，邊叫道：「丁姊先滾——！」他本來是想說「走」字，但因接丁裳衣先前的話語，說成「滾」字，自己亦未覺察。

丁裳衣聽唐肯居然這樣喝她，不覺怔了一怔，睞了唐肯一眼，唐肯卻不知道。

魯問張的身子突然躍起。

唐肯的刀自上往下砍，魯問張卻迎面從下迎上。

唐肯眼看這一刀得手，不想殺人，只覺用力太猛，正想收回大刀，不料手上一緊，接著一空，大刀已被魯問張劈手奪去。

魯問張冷笑道：「狗男女，你們還有什麼法寶，都使出來吧！」

丁裳衣道：「什麼狗男女！」

魯問張氣得長鬚激揚：「妳和他，孤男寡女，同處一室，不是狗男女是什麼!?」

丁裳衣道：「那麼說，我和你才是狗男女！」

魯問張見丁裳衣在眾多部屬面前這樣說話，更氣，「妳……妳這妖女，在我對妳……」

丁裳衣道：「我知道你對我好，但別人對我好就是狗男女了麼！」

魯問張怒道：「狗男女！狗男女！」他自己因太憤恨而長髯擺動，他生怕鬍鬚亂了，一面罵著一面掏出梳子來梳括著。

丁裳衣一劍又刺了出去。

魯問張猝放本來托著長髯的手，憑空一抓，又抓住了丁裳衣的劍。

魯問張道：「妳和他，是狗男女！妳和關飛渡，也是狗——」

丁裳衣悽呼一聲，搖首一偏，竟以脖子抹向劍鋒。

魯問張一楞，已不及阻止，唐肯也沒料丁裳衣性子恁地烈，也不及相救。

突聽一人喝道：「放手！」一刀砍下！

魯問張見那一刀聲勢浩大，不及捉拿，放劍疾退。

他的手一鬆，劍尖一落，丁裳衣這一抹首，迎了個空。

幪面大漢一拍丁裳衣肩膊，道：「姑娘，不到最後關頭，勿隨意輕生，否則追悔莫及！」

丁裳衣無奈地一笑，甩揚散披在頰眉上的一綹烏髮：「死了那還會後悔！」

那出刀逼退魯問張的人正是那幪面壯漢。

魯問張神色凝重：「閣下是誰？這一刀分量好重，為何藏頭縮尾，不敢見人？」

那人默不作聲，橫刀當空，巍然而立。

這時，十餘名包圍的衙差爭功心切，想要在上司面前討功，正要一擁而上。

魯問張作勢一攔，道：「退下。」

衙差從未見過這位從來談笑間殺人的魯大人神色會如此凝肅，紛紛退後，有的竄到別處戰團裡，有的在外形成包圍網，他們雖知道這三人武功都非同小可，但也知曉這三個正是要犯，爲保頭上翎帽身上官服，怎樣也不能讓他們脫逃。

那人向唐肯沉聲道：「我纏住他，你們先衝出去。」

唐肯道：「我要跟你──」

那人喝道：「看不出你堂堂男子漢，竟如此婆媽！」

丁裳衣一看情勢，即道：「我們在這裡只礙了前輩出手。」

唐肯猶遲疑了一下，問：「許吉呢？許兄弟他不知逃出來了沒有？」

丁裳衣瞪了他一眼。

人到了生死存亡的關頭，難免都只顧自己逃命要緊，眼前這個魯男子跟一般人的確有些不同，這個時候，居然還牢牢不忘萍水之交。

魯問張掏出梳子，梳下頷鬍子。

他的手出奇的穩定。

那人目光炯炯，盯著他的一雙手。

魯問張道：「誰也走不了。」

那人道：「你不要逼我出手。」

魯問張的長髯梳得又燙又貼，又黑又亮，然後笑道：「你再不出手，恐怕就不必再出手了。」

只見菊紅院殺入了一個手持巨斧的書生，斧光熠熠，瞬間已把那叫「牛蛋」

的大漢砍個身首異處。

那人一頂，雙手執刀。

魯問張目光一閃：「『五鬼開山刀』？」

那人執刀柄的一對拇指，忽張弛開來，僅以八指扣住大刀。

魯問張一震道：「『八方風雨留人刀』！」

那人發出沉濁的一記悶哼，雙手舉刀，空門大露，刀在上方旋轉得只剩一片光影。

魯問張如臨大敵：「『龍捲風刀法』!?」

那人吐氣開聲，一刀劈下！

這一刀聲勢之烈，掩蓋菊紅院一切叱喝與兵器碰擊之聲。

魯問張五綹長髯，一起激揚。

他在電光石火間，雙手一拍，挾住大刀。

這一刀力以萬鈞，魯問張白臉巽血，但依然給他雙手合住刀鋒。

那人驀地鬆手，反手拔帽上翎毛。

翎毛如刀砍落。

一道血泉，自魯問右手激濺而出。

魯問張怒吼，疾退，掌中挾的大刀落下。

那人一扳腰抄起大刀。

不料魯問張掌中梳子，激射而出，那人閃躲無及，梳子嵌入胸中。

那人悶哼一聲，吼道：「走！」

丁裳衣披風捲湧，劍光迸閃，四、五名衙差傷倒，唐肯扶持那人向門外殺出去。

門口突然漾起一片斧光。

這斧光帶起的威力，像雷霆一樣，誰闖了進去，都得被震碎。

丁裳衣藍衣緊貼身上，髮尾激揚於頭後，瞇眼抿嘴，劍齊眉峰，顯然要力闖此關。

突然之間，「嗤」的一聲，一物自樓上激射而至！

「巨斧書生」易映溪揚斧一格，只覺脈門如著鎚擊，一套之下，斧脫手飛出，劈入巨柱內，幾及斷柱。

另外，「篤」地一響，那事物也釘入柱內，竟是一截蠟燭！

易映溪一怔，丁裳衣已化作一道劍光，搶出門外，當者披靡。

唐肯也護著那人闖出門檻。

外面伏擊的衙役，因懼於那幪面人以一根翎毛殺傷魯問張之聲勢，一時未敢動手，只拿著火把，吆喝圍住丁裳衣等人。

忽然，鞭影馬鳴，一輛驅馬大車風馳電掣而至，車上揚鞭的正是那始終不肯獨自逃生的老者。

老者策馬衝散火把隊伍，揚鞭捲飛八人，唐肯攬那人躍上馬身，丁裳衣藍衣旋捲，片刻已刺倒了逼近的幾人，「刷」地倒飛入馬車，老者吆喝一聲，策馬長驅！

馬車硬闖出了一條路！

衙差們提刀追趕，把火把扔到馬車上。

黑夜裡，衙差們吶喊呼吆，提著火把晃揚，但追趕不上。

只見馬車沾滿了熊熊烈火，一蓬光地飛馳而去，夜色中，沿路也染了星點火光，遠遠看去，反而有寂靜的感覺。

這時，易映溪扶持魯問張走出門口，眺望遠去的火光。

只聽蹄聲忽起，原先準備停妥的馬隊，有十數人成兩組，打馬急追而去。

黑漆裡的火光是顯眼的目標，彷彿命裡註定燃燒是接近寂滅的標誌。這馬隊就是要使這標誌徹底毀滅。

魯問張望著遠去的火光，跟著如雷動般的馬隊，嘆道：「他們逃不了的。」他心中在感嘆最終不能保住丁裳衣，這一別，就是生死兩茫茫了。

易映溪禁不住要問：「究竟……是什麼人？」

魯問張看著手臂上的傷痕，他實在做夢都沒有想到那人以一根羽毛使出刀法，幾乎砍下他一條胳臂。

「庖丁刀法……這人的刀法，已經落花傷人、片葉割體，爐火純青到了化腐朽爲神奇的地步——這數百里內，能使出這種舉重若輕，變鈍爲利的刀法者只怕不出三人，這人——」

易映溪眼神一亮，「是他？」

魯問張肅容撫髯，點點頭道：「是他。」

易映溪喃喃地道，「是他……」其實他開始問那一句「究竟是什麼人」的時候，他問的是什麼人用一根蠟燭隔空擊落他的巨斧，如果說那幪面大漢以一根翎羽傷了魯問張令人瞠目，那這發出一根蠟燭的神祕人簡直是神乎其技了。

易映溪到現在還覺虎口隱隱作痛。

◇◇◇

老者策馬狂馳，馳向郊外。

唐肯、丁裳衣正在竄起伏落的將火把扔出車外，把火焰撲滅。

兩人好不容易才把火勢撲熄，回頭看那大漢，只見那一對精光炯炯的眼睛，已變得黯淡無光，大手捂著胸前，胸襟不住的有血水滲出來。

唐肯叫道：「好漢……你……覺得怎樣!?」

那人勉強提氣問：「我們……駛去那兒？」

這時風嘯馬嘶，老者聽不清楚那人的問話，唐肯揚聲替那人問了一遍。

老者沒有回首，他在全心全意的打馬，駕御這輛馬車變成了他聚精會神的事情。「闖出城去！」

那幪面人叫道：「不行！捕王剛剛入城，撞上了他……可什麼都沒得玩了！」

老者的車並沒有因此而緩下來，在風中嘶聲道：「那該去哪裡!?」

幪面人也大聲道：「往城西折回去，那兒有一大片鄉郊，到那兒再謀脫身之法！」

馬車突然一頓，四馬長嘶，篷車一個轉折，幾乎貼地而馳，已然轉向城西。

唐肯嘩然道：「老哥，你這一手，要得！」

幪面漢道：「你遲生了幾年，不知道當年『飛騎』袁飛的威名。」

唐肯皺眉道：「猿飛？」

那老者被人提起名字，似大爲振奮，往內大聲道：「我姓袁，叫飛。」

唐肯也探首出去吼道：「我姓唐，叫肯。」

這時馬車疾馳，在暗夜裡東奔西竄，時過高崗險峻，斷木殘柳，高低跌盪，但馬車依然在極速下前進。

馬蹄與風砂交織裡，唐肯和袁飛互道了姓名。

這時丁裳衣自車後探首進來：「後面有數十騎追上來了。」

唐肯道：「不怕，有袁飛在。」

幪面漢搖首道：「也不行，馬拉著車，總跑不過單騎。」

唐肯急道：「那該怎麼辦？」

丁裳衣咬了咬唇，「前頭必定還有兜截的高手，這馬車目標太大。」

幪面漢接道：「只有棄車步行，反而易於藏匿。」

唐肯道：「可是你的傷……」

幪面漢強笑道：「你也不一樣有傷麼？卻來管我的傷！」

丁裳衣道：「那好，我叫袁飛打個隱藏處停車——」

馬車輒然而止！

馬車本來在極速的情形下奔馳，驟然而止，足可令車內的人全都傾跌出去。

丁裳衣雙足懸空，但她雙手卻抓住車沿，人已借力翻到車頂之上。

幪面人吐氣揚聲，像磁鐵一樣吸住車篷，落地生根，居然分毫不動。

只有唐肯被倒了出來。

唐肯一跌到外面，一滾躍起，只見四馬人立長嘶，袁飛的人仍貼在馬背上，沒有被甩下來。

馬車是怎麼猝停的呢？

唐肯立即發覺，馬車的左右前輪全都不見了，以致車篷前首斜插入地裡，無法再拖動。

誰能把急旋中的巨輪拆掉？

唐肯這才發現，星月下，一左一右，站了兩個人，他們一個左手，一個右手，都提了一隻大木輪。

這兩人竟是在急馳中用手臂硬把車輪拔了出來的。

這兩個人，在冷月寒星下，跟鬼魅僵屍沒什麼兩樣。

唐肯認識這兩個人。

這兩人是他一生一世都不願再見的人，但現在正是窮途末路亡命逃逸之際，又教他撞上了：

言有信。

言有義。

第三部

老虎嘯月

一 白天黑髮晚上白頭

言有信道：「如果我是你們，我就不逃了，因爲前無去路，後有追兵，逃，也是逃不掉的。」

言有義道：「何必逃得那麼辛苦呢？安安樂樂的束手就擒，不是比作無謂掙扎聰明百倍嗎？」

幪面人在車篷內咳嗽。

言有信道：「就算你們逃得過我們的聯手合擊，還有『老虎嘯月』聶千愁在等你們，難道你們還鬥得過聶千愁？」他這句話是對車篷上的丁裳衣說的。

言有義道：「還有『捕王』李玄衣守在城門，『四大名捕』之一也在城中，這件案子，牽涉頗大，又殺了李大人的兒子，你們怎可能逃得了！」他這句話向車篷內的幪面漢說的。

幪面人緩緩自車中步出，每一步都看好了才踏下來，彷彿生怕地面上的茅草裡有十七、八隻老虎鉗一般。

他站穩了，撫了撫胸，深吸一口氣，才說：「言家二位昆仲，大家都是江湖人，這次擺明了是冤情，您們高抬貴手，我等永誌不忘，他日必報！」

言有義道：「你看我們作得了主嗎？高鏢頭，我看您也無需躲頭藏臉的了，扯下遮簾布，跟我們回去吧！」

唐肯聽得叫了一聲。

他一直覺得這人出手義助，身形招法俱頗爲熟悉，沒料竟是失蹤多時的「神威鏢局」局主高風亮。

這時，只見幪面人緩緩扯去臉罩，月光下，出現一張依然英偉的老臉，嘴邊掛一絲苦笑，道：「我沒瞞過你們。」

言有信道：「不是沒瞞過我倆，而是誰也遮瞞不過。李大人和李捕王算定你會在這攻打菊紅院消滅無師門裡出現，你果然憋不住，現了形。」

高風亮沒有答話，他突然用手自胸口用力一拔，拔出了嵌在胸前的鐵梳。血水，不住地滲了出來。

丁裳衣皺眉問：「痛不痛？」

她蹙眉的神情，像小母親疼惜孩子的胡鬧，也似小女孩愛惜小狗小貓的淘氣，稚氣隱現在成熟而有韻味的臉容上，端麗得令人輕狂。

唐肯看得癡了。

高風亮悶哼道：「痛。」

然後又笑道：「不過，江湖上的英雄好漢，痛字都是不輕易出口的。」

丁裳衣微微浮起的笑容。她的臉靨稍大了一些，像滿月時的氣氛，越發襯出紅唇的搶艷，女性的魅力。「痛就痛，有什麼出不出口的。英雄好漢也一樣痛，只有充字號的才啞忍不說！」

高風亮和丁裳衣這番對答，好似根本沒把言氏兄弟的話放在心裡。

言有信雙目射出了狂焰。

高風亮道：「痛歸是痛，但無大礙。大的交妳，小的歸我，如何？」

丁裳衣點點頭，她用極自然而美麗的手勢，拔下髮上的一支金釵，用唇含著，然後用雙手把頸後的頭髮束起來，束成一個小髻，然後把金釵插入髻去。

也不知怎的，這月下的姿影，使得言有信、言有義竟不想打斷，是故都沒有立即出手。

然後丁裳衣道：「好了。」

轉首向唐肯、袁飛道：「你們去吧。」

話一說完，劍疾地已到了言有信的咽喉。

高風亮的大刀也呼地蕩起，飛斬言有義。

丁裳衣和高風亮的意思是非常明顯的。

他們要纏住言氏兄弟，決不死戰，但這一戰結局勝負都難以逆料，他們都希望唐肯和袁飛先走。

袁飛明白。

他咬一咬牙飛掠而出，可是唐肯不走。

唐肯不走，袁飛折了回來。

「你留在這裡，也沒有用，要洗雪冤屈，就得先逃命再說！」

唐肯堅定地搖頭。

「我知道，但我不走。」

袁飛長嘆，終於一跺腳，躍上一匹馬，絕塵而去。

唐肯也知道憑自己這身低微的武藝，既幫不上丁裳衣、高風亮什麼忙，也沒有什麼用處，留著也是白送死，可是他這種人，就是無法忍受別人為他們拚死，他自己去逃命。

所以他留下來，已經準備必死。

高風亮是他的主人，這次冒險闖入菊紅院救他，他不能獨活；至於丁裳衣，奇怪的是，他覺得跟她同時死去，是一種快樂，一種榮幸。

他自己也不明白何以會有這種想法。

袁飛走的時候，局面已瞬息數變。

丁裳衣的劍雖然突兀，但劍至半途，改刺言有信肩膊。因爲她還不肯定言有信是敵是友。

言有信盯住她，一伸手，中指「啪」地彈出，彈歪了劍鋒，猱身進擊，一面低聲道：「妳儘管走，到脾腹村灌木林裡等著。」

丁裳衣抿了抿嘴，道：「你放我們一起走。」

言有信目光閃動，怫然道：「只有妳可以走！聽著，我只放妳走！」

丁裳衣冷然道：「爲什麼？」

言有信一雙森冷的眼睛迅速遊過她的身子一遭，道：「妳很快就會知道，我爲什麼對妳這樣好。」

他們邊交手邊說了這幾句話，高風亮和言有義那邊已分出勝負。

言有義在高風亮攻出第一刀的時候，他就攻出第一輪快拳。

這一輪快拳追得高風亮迴刀自守。

言有義一輪快拳未完，第二輪快拳又至，高亮風好不容易才接下四、五十拳，第三輪快拳又如石雨般打來。

言有義的拳勢指不折、腕不曲、臂不彎、膊不動，是失傳已久的正宗言家僵屍拳法。

等到第四輪快拳開始的時候，高風亮知道自己再不反擊，只怕沒有機會再反擊的了。

高風亮長吸一口氣。

他吸氣的時候，猛脹紅了臉，血水自胸膛創口猛飆出來。

然後他就出了刀。

言有義全身骨節，格格作響，就像一具木偶，忽然給人拆散了線一般。

在這剎那之間，他整隻手，軟得像棉一般，竟蛇一樣的纏住了刀身。

刀鋒何等銳利，卻切不入言有義雙臂。

高風亮猝然棄刀，拔草，茅草飛斫而出！

言有義大驚，捲住大刀的雙手一架，奇怪的是，那一記「茅草刀」並沒有經過他的雙手，卻已攻到了他胸前！

言有義驟然吐氣，整個人似突然癟了下去。

但他的胸膛還是飆出一道血箭。

高風亮一擊得手，抄回大刀，再砍。

言有義急退，言有信看在眼裡，登時捨了丁裳衣，迎擊高風亮。

忽聽一人道：「以無厚入有間，庖丁刀法，名不虛傳。」

只聽他淡淡地接下去說：「昔時庖丁解牛，把刀法融為一體，舉手投足皆成韻律，你雖已舉輕若重，刀隨心易，但可惜——」說到這裡，就沒有再說下去了，只聽一陣緩慢的馬蹄聲，馬蹄聲中，隱有一兩聲淒心的狼嗥，似有似無。

高風亮的臉色變了。

開始闖入菊紅院救人的時候他幪著臉，但眼神炯炯，元氣充沛，精銳逼人。後來與魯問張互拚受傷，眼中那一股逼人的神采便顯著地消失了。

在擊退言有義之際，他剛又回復那一股神氣，卻聽到那鈴聲話語，整個人都變得緊張，甚至有些恐懼。

丁裳衣也是。

只不過她不是恐懼，而是不再從容淡定了，誰都看得出來她已不寄存任何希望。

——究竟來的是什麼人呢？

只聽那野獸般的長嗥漸來，但馬蹄聲也得落落、得落落的緩緩逼近……

◇◇◇

馬蹄愈漸慢了——

得落落，得拓拓……

蹄聲漸近——

一匹馬。

一個人。

唐肯一看見那匹馬，就忍不住大叫了一聲：「袁飛呢!?」

那匹馬是袁飛騎去的。

現在馬回來，馬上的人已不是袁飛。

唐肯在叫了一聲後，才看清楚那坐在馬上的人。

這人一頭黑髮披肩上，臉無表情，但整個看去令人有一種倦乏的感覺，這人整張臉都是皺紋積聚在一起，可是又不是給人老弱的感覺，就像他的皺紋是五官之上，理應在臉上的。

馬蹄聲終於停了。那人腰畔繫了三個葫蘆，他打開一個的塞子，仰首喝酒。人卻非常熟悉。

唐肯左看右看，就想不起在何時何地見過這個人——不過這個人，他一定見過。

——他是誰呢？

◇◇◇

高風亮一看見這個人，就出現了一種「既生瑜，何生亮」的悲憤神色，他問：「是你？」

披髮人道：「是我。」

高風亮道：「你剛才的話，沒說完。」

披髮人道：「我說可惜。」

高風亮道：「可惜什麼？」

披髮人道：「你刀法已臻巔峰，卻未入化境，但摘葉飛花流水行雲皆可成刀，雖是如此，你仍不能無刀！」

高風亮怔了一怔，長嘆道：「是。以無刀勝有刀，還要長時間浸淫，我開的鏢局，俗務煩身，無法專心練刀。」

披髮人道：「所以你因小失大，事業有成，卻失去性命。」

高風亮苦笑道：「神威鏢局是完了，但我還活著。」

披髮人道：「鏢局完了，你也該死了。」

高風亮忍不住恚怒，眼神一熾，道：「你現在是替官府做事!?」

披髮人道：「我只替李大人辦事。」

高風亮道：「你要殺我？」

披髮人緩緩的搖頭，看著他，好像在看一個蠢到無可救藥的人一樣，「打從這件事一開始，你和鏢局的人，早都應該自戕了。一個死定了的人偏偏不死，這不是浪費自己和別人的時間是什麼？」

高風亮慘笑，大刀一揚，道：「你來殺我吧！」

他的刀才揚起，言有信就在搖頭，眼色就像在看一個死人一般。

「我想起了！」

唐肯突然大叫起來。

「我知道你是誰了！」

他這一叫，使高風亮和披髮人都莫名其妙，唐肯指著披髮人叫道：「我見過你，就在牢裡，你跟他們三個人和李大人的公子，想剝我的皮……可是，那時候，你的頭髮是——」

披髮人淡淡地接下去一句：「白色的。」

唐肯一副百思不得其解地道：「對了。是銀白色的。」

披髮人，卻反過來問唐肯：「那是什麼時候？」

唐肯想了想：「早上。」

披髮人唇上的皺紋向兩頰振了振，算作笑容：「早上就是白天。」

唐肯仍不明白。

高風亮接下去說：「唐兄弟，你有沒有聽過，江湖上，有一個人，頭髮隨著太陽昇沉而變色的？」

唐肯立即道：「有，可是那位武林名宿，是白天黑髮，晚上白頭的人，而且那位前輩已死去好多年了。」

高風亮嘆了一口氣，道：「這位名宿，不但沒有死，而且隨著年紀增進，武功增進，同時人心大變，性情大異，變成了白天銀髮，晚上黑，還活生生的在這裡——」

唐肯惕然地望著披髮人：「他就是——」

高風亮道：「二十年以前，他被人號爲『白髮狂人』，十年前，突然失蹤，直至七年前，江湖上出現了一個神祕詭測武功極高的黑髮白頭人，便是這位『老虎嘯月』聶千愁。」

唐肯怔怔地道：「他是？」

聶千愁問：「現在是晚上還是白天？」

唐肯看了看天上的星月：「當然是晚上。」

聶千愁道：「那麼我理應黑髮了。」

唐肯還是禁不住要問：「你……你就是當年的『白髮狂人』？」

聶千愁道：「怎地？」

唐肯不可置信地道：「昔年的『白髮狂人』，何等狂，何等傲，但不欺弱小，只抗強權，行事乖戾，卻除暴安良，當年連朝廷和『絕滅王』等大力拉攏尚不得其效力……而今……怎麼會——!?」

聶千愁的臉上終於有了表情。極複雜的表情。他聽著，聽著，忍不住喝了一聲：「住口！」

他這一喝，聽來也不怎麼大聲，可是在唐肯聽來，心頭一震，好像給擊了一捶，搐痛了一下，四肢都發麻。

在這種情況之下，誰也不會再說話。

可是唐肯這個人脾氣之拗執、性情之倔強，也到了極點，他強忍一下痛楚，即道：「以前我是打從心裡敬重『白髮狂人』，我以爲他傲然屹立天地間，不畏強權不怕死，誰知——」

聶千愁的身子神奇般波動起來。

他黑髮波動的節奏像一種波濤的韻律，甚是好看。

然而他雙目發出深山大澤裡野獸般的寒光，令人如墜冰窖之中！

唐肯卻不理他，逕自說下去：「——誰知今日一見，卻變成了不分青紅皂白，跟在狗官左右爲虎作倀的可憐蟲！」

高風亮見情勢不妙，叱道：「唐肯——！」

唐肯把胸一挺，把聲音調高，大聲道：「什麼『白髮狂人』，早死了還好！現在這個『老虎嘯月』算是什麼!?（這時聶千愁全身劇烈地巔簸起來，口中發出厲嘯，樹搖地動，眼中寒呆更是逼人。）武功高又有何用!?（這時聶千愁已向唐肯走出了第一步，只不過一步已到了唐肯面前，唐肯居然眼也不眨，直著嗓子把話夾雜在聶千愁的厲嘯傳出去。）就算是一掌打死我，我也不當他是東西！」

他說完了那句話，心絞如裂，終於忍不住嘴邊溢血。

聶千愁黑髮蝟張，戟起又垂落，一字一句地道：「好，我就一掌打死你。」

唐肯一面吐血一面道：「好，你打，打得死二十年後一條好漢，打不死你姓聶的捏著鼻子遮顏面！」

丁裳衣禁不住尖呼道：「唐肯——！」

高風亮身形一晃，想攔在聶千愁與唐肯之間，力謀挽救。

可是，聶千愁已經出手。

二　別問我是誰

聶千愁在厲嘯聲中出手。

風動、草飛、樹木搖。

彷彿連月亮都變了顏色。

唐肯覺得自己雙耳，像給一千條固體的蜘蛛絲扯拔著，痛入心肺，那厲嘯聲似一下子把他的眼球充血，把他五臟六脈打翻搗碎一般！

唐肯已失去抵抗的能力。

這一剎間，掌風已冷沉地，毫無生氣地，甚至無知無覺無情無性命地掩近胸前。

出掌的手，彷彿沒有生命。

中掌的人，也必死無疑。

丁裳衣手中的劍光自披風裡發出奪目的厲芒，直奪聶千愁的咽喉！

聶千愁突然偏首向丁裳衣，發出比剛才更悽厲的狂嘯。

白的牙、尖的舌、紅的唇、黑的髮，這一聲厲嘯，虎地宛似地底裡捲來一道狂流，把松針倒射上空。

丁裳衣也覺得身體周圍捲起一道逆流，捲起身上的披風，整個人像連根拔起的失去了依憑；等到能夠勉強穩下步樁時，劍已脫手，嵌入松幹裡！

高風亮在同時間一刀砍向聶千愁。

他的刀一出就切斷聶千愁的嘯聲。

那可怕的厲嘯！

◇◇◇

聶千愁只做了一件事。

他倏然打開了腰畔左邊第一隻葫蘆。

葫蘆塞子一開，「嗖」地白光一閃。

然後高風亮只覺手上一輕。

他的刀碎了。

碎成千百片，落在地上。

高風亮怔了怔，這時，丁裳衣也被嘯聲激飛，聶千愁那毫無生命且摧殘生命的一掌，依然向唐肯胸膛按下去。

三人聯手，尚且抵擋不住聶千愁這一掌！

◇◇◇

就在這時，唐肯左膝後關節處，突然一麻，這一下來得十分突然，唐肯腳一軟便跪倒，聶千愁那一掌，僅在他頭上三寸不到之處擊空。

這一掌是沒有掌風的。

也沒有氣勢。

只有死。

掌擊空，唐肯就死不了。

唐肯自己卻不知道自己是怎樣避得了這一掌的。

丁裳衣、高風亮又驚又喜，還帶一點錯愕，他們也不知爲何那一掌沒有擊中唐肯。

聶千愁也怔了一怔，他的掌就在唐肯頭上，只要他再往下按，便擊在唐肯的天靈蓋上，唐肯一樣是死定了。

可是聶千愁並沒有那麼做。

他只冷哼一聲，「你幸運。」便緩緩的收了掌。

唐肯馬上跳了起來，大聲道：「我不是要跪你，我只是——」

聶千愁冷冷地道：「不管怎樣，你都已避開我一擊。」

唐肯想一想，自己也想不通，何以能適時躲開那一掌，便道：「你一掌打不死我，可以再打第二掌。」

聶千愁冷笑一聲，不理他，逕自向高風亮行去。

高風亮嘆道：「沒料到十年不見，你已練成了『三寶葫蘆』。」

聶千愁道：「你刀法好，我不得不用了其中之一。」

高風亮苦笑：「現在我連刀也沒有了。」

聶千愁往地上一指：「還有草。」

高風亮沉吟了半晌，道：「這件事徹頭徹尾都是冤枉的，你非殺我不可？」

聶千愁木無表情地道：「打從這件事一開始你們就死定了，你自戕，我便不動手。」

高風亮毅然道：「好，我死。但你放了他們倆。」

聶千愁淡淡地道：「我一掌打不死的人，決不再殺；至於丁裳衣，魯大人吩咐，要生擒。」

高風亮狠狠地說了一聲：「好。」

聶千愁的黑髮又波動了起來，他用一種很低沉、很緩慢、很悲憫的聲音問：「可以了麼？」

高風亮高聲豪叱：「可以了。」突然卸下帶子，迎風一抖，衣帶如長刀。

可剛可柔的長刀！

高風亮解帶時帶已成刀，帶化作刀時刀已砍到聶千愁頭頂上。

聶千愁沒有避。

他似來不及閃躲。

高風亮立即又砍第二「刀」。

聶千愁還是沒有反擊。

他似連招架也來不及。

高風亮揚氣吐聲，又砍了第三刀。

聶千愁還是木然不動，月色下，松樹旁，他披髮如狂，就像座不動明王。

高風亮砍了三刀，收手，丟掉帶子，氣咻咻的道：「你殺吧。」

聶千愁問了一句：「你還要不要再試試？」

高風亮氣苦地笑了一下：「沒有用的，你剛才已用手在刀鋒要砍中前擋了三下，但在我們看來，你好像連動都沒有動。」

聶千愁道：「真正的速度，反而不讓人感覺得出來有多快。」

高風亮苦笑道：「就像天體運行，日出月落。」

聶千愁道：「也像光線、聲音、歲月，自然的反應，快得沒有讓人感覺到速度。」

高風亮道：「所以我不打了。」

聶千愁道：「畢竟你曾經是我朋友，我不忍殺你——」

高風亮眼神一亮，聶千愁接道：「可是你仍是非死不可……你還是自決罷。」

高風亮「哈，哈，哈！」笑了三聲，道：「好一個朋友，好個逼死人的朋友！」

聶千愁的臉色突然變了，變得無比的激動，使得讓人看去，感覺到他的黑髮如潮汐洶湧，臉上的皺紋像海水褶騰。

「朋友!?沒有朋友，我會有今天!?」聶千愁厲嘯的聲音悽厲得直如割切入腦：「你以爲我不愛朋友？當年『白髮狂人』什麼都沒有，就是有朋友，最自豪的就是朋友！」

晚風徐疾有致。

松針簌簌而落。

聶千愁如狼嗥月，又如夜梟一般淒戚，像厲鬼在追索魂魄！

「你沒有被最好的朋友出賣過，又怎麼知道朋友的無義？你未曾被至親的朋友傷害過，又怎麼瞭解朋友的無情!?」

高風亮囁嚅地道：「我……我沒有出賣過你……」

聶千愁如夜叉般狂笑了起來，松針如雨一般折落，茅草如風般激揚。

「你當然沒有，你只是我普通朋友，如果是你暗裡給我一刀，我倒無所怨，只恨自己不戴眼識人……而真正致命的朋友，是在我身陷囹圄之中，仍維護他，仍不惜爲他犧牲一切，仍信任得一至於把財產武功權力全授於他的人——」

他瞇著眼、切著齒問：「你被人這樣害過嗎？」

「你被你救過的人冤枉過嗎？」

「你被你一手栽培出來待他如兄弟一般好的朋友誣陷過嗎？」

「你被那個人陷於萬劫不復之境，但仍然以爲他是你一生最要好的朋友，你嘗過這種屈辱嗎？」

「你一生的前程、理想、親人、伴侶、名譽、性命、財產，全給你最信任的人一手毀了，而你還是信任著他，不虞有他，連最後一線生機也泯滅在他手裡，你試過這種味道嗎？」

聶千愁哈哈大笑二聲，又說了八個字：「天理何在？天理何在！」

唐肯虎地跳了起來，叱道：「他是誰？他是誰!?」

聶千愁瞇起眼，嘴唇下拗：「他？他們！」

唐肯急著道：「他們究竟是誰!?」

聶千愁橫了他一眼：「你要知道幹什麼？」

唐肯瞪大雙眼，逼視過去：「爲你報仇呀！」

聶千愁臉上的皺紋又翻騰了起來，悶哼了一聲。

唐肯大聲道：「像那樣子的不義之徒，人人得而誅之。」

聶千愁冷笑道：「要是這樣，你到街上去，隨便揪十個人，起碼有八個是該殺的。」

高風亮喟息道：「其實朋友好聚好散，你放的感情陷得愈深，悲喜愈強，喜則比兄弟還親，悲則翻臉無情，這又何苦呢？」

聶千愁瞳孔收縮，一字一句地說：「不是何苦，而是你未真正受過這種椎心之苦。」

他冷冷的加了一句：「你幸運，因爲你沒有被人如此深切地背棄過，你不會知道這種痛楚。」

高風亮揶揄地道：「那你就大開殺戒，傷害無辜，以現在的殺戮來推翻以前的慈悲了？」

聶千愁盯住他，問：「你說得漂亮，真是菩薩心腸，要是遇到這種萬劫不復，非人遭遇的是你，看你還那麼瀟灑不？」

他目光閃著電針也似的尖銳光芒：「那時，只怕你又有另一套殺人的宏論了。」

唐肯怔怔的看著他，突然大聲道：「不值得的。」

聶千愁皺眉道：「什麼不值得？」

唐肯認真的說：「爲了小部分人的無情無義、心狠手辣，使得你帶著深仇過活，那是多麼不值得呀。」

聶千愁格格笑著，也不知是笑還是哭：「有什麼不值得？這樣活著，我覺得很振奮、很強悍、很充實、很痛快！」

唐肯反問：「但比以前快樂嗎？」

聶千愁一時答不出話來。

唐肯又道：「難道仇恨能使你從前一切失去的都能復活過來嗎？」

聶千愁盯住他，臉上的皺紋又震動了起來：「但卻可以使我爲報仇而活下去！」

唐肯也怔了怔，最後道：「難道殺我們會令你快樂？」

聶千愁答：「不殺你們我要爲人所殺；」他狠狠地道：「現在我學會了一件事。」

「與其我死，不如你亡。」

高風亮長嘆道：「我們都不是你對手，你殺吧！」

聶千愁霍然轉身，道：「你不自戕？」

高風亮道：「我俯仰皆能無愧，決不自絕於江湖。」

聶千愁的黑髮、皺紋、衣褶又似潮水般翻騰起來，雙目寒如黑夜海角的兩點飛星。

「好，你這是逼我親手殺你。」

陡然之間，突兀到頂點的，聶千愁長身而起，腰間左首第一隻葫蘆，「噗」地激射出一道電也似的白光，雷霆萬鈞的劈擊往丈外一棵松樹，隨著他的一聲暴喝：

「著！」

◇◇◇

轟然一聲，千數百松針如暴雨般倒射上天，松樹幹中折，樹枝四分五裂，聶千愁已掠到樹後。

他腰畔葫蘆的光芒，是何等強烈。

他一落到樹後，積聚多時的掌力，就要發出。

樹後有人。

還有光。

厲芒。

他腰畔葫蘆的光芒有多燦目，這光芒就更燦亮十倍！

如同電炸星分的奇芒中，他居然看見了一個人。

在這時候，無論他看見誰，他都不會感到震訝，同時手上的一掌，也必定會發出去。

可是他感到不止震訝的驚詫。

他那一掌也發不出去。

因爲他看見的居然是自己。

◇◇◇

——自己又怎麼會在樹後？

松樹裂開，怎麼竟還會有個聶千愁!?

聶千愁一怔，這一震間，他立時已明白。

可是一道劍光，在聶千愁這樣的高手感覺到和發覺的時候，已到了他後頭三寸。

聶千愁手按在腰畔中間的葫蘆上。

劍陡止。

劍鋒沒有再逼進。

聶千愁也沒有拔出葫蘆塞子。

一時間，劍和人都頓住。

松樹，喀勒地墜倒下來。

◇◇◇

松樹折落，發出蓬然巨響。

聶千愁整個身體僵硬，他甚至可以感覺到，最接近那劍鋒的部分肌膚，已炸起了痲皮。

可是背後的人，站在那兒，無疑比劍鋒更淬厲、銳利。

——這是個什麼人？

——誰的殺氣那麼逼人？

聶千愁知道，今晚在這劍鋒下的要不是自己，早已倒下了。

——不是被劍鋒所刺，而是被殺氣摧毀。

——這簡直是無堅不摧的殺氣！

聶千愁苦笑。

他看到自己苦笑。

他面前是一面鏡子。

鏡子雪亮，映著月光，人形般的大小。

敵人匿伏在松後，給他發覺了，不動聲色施於一擊，但敵人居然放了一面鏡子，人卻躲在另一處，讓他擊了個空，乍見自己，錯愕之下，陡然出手！

他知道現在這種情形，不能算敗。

可是先機盡失。

——對付這樣可怕的敵人，先機盡失的結果會怎樣？

想到這裡，他握葫蘆的手緊了一緊。

◇◇◇

背後的人說話了：「你最好不要動。」

聶千愁冷冷地道：「你還沒有勝。」

背後的人道：「我還沒有出劍。」

聶千愁道：「我仍可以反擊。」

背後的人道：「我不想殺你。你不開葫蘆，我不刺出去。」

聶千愁姿態沒有變，也沒有說話。

他從鏡中只看到一個人自腰以下的身子。

雖然這人的下盤有衣服緊緊裹著，但他知道裡面沒有一寸多餘的肌肉，沒有一分浪費精神的站著。

這人腰部以上給坍倒下來的松枝遮掩著，或許是這人故意站在那裡，讓人看不清楚。

聶千愁臉肌抖動了一下，正要開口，背後的人道：「別問我是誰。」

聶千愁道：「你準備在我背後站一生一世？」

背後的人道：「我可以收劍。」

聶千愁道：「請。」

背後的人道：「但我有條件。」

聶千愁長吸一口氣。

吸氣的時候，黑髮又如海濤波動。

然後他緊緊抓著葫蘆，一個字一個字湊成一句話：

「我從來不在受威脅的情況下談條件的。」

三　生命劍

他沒有想到背後的人馬上做了一件事。

即刻收劍。

聶千愁沒有立刻回身。

他陷入沉思，過了一會，道：「你說罷。」

背後的人道：「三個條件。」

聶千愁感覺到背後猶如萬箭在弩但又固若金湯的堡壘：「什麼條件？」

「第一，不要回頭。」

聶千愁點頭。

「第二，不要殺他們。」

聶千愁沉默。

背後的人也沉默。

唐肯、丁裳衣、高風亮、言有信、言有義只見月色時暗時明，斷松前，聶千愁披髮而立，殘枝旁，一個屹然獨立的人影。

「我今晚不殺人。」

聶千愁即刻接下去道：「可是，無論他們走到哪裡，遲早死在我手上。」

「我知道。」

「除了那叫唐肯的；」聶千愁補充，「我一掌沒打死他，決不殺第二次。」

「我明白。」

「我也知道他之所以能躲過我那掌，是因爲你用松果在他脈彎撞了一下；」

聶千愁附加道，「不過我說過的話絕不反悔。」

「我清楚。」

「第三個條件呢？」

「不是條件，是要求。」

背後的人聲音十分誠摯：「不要因爲部分的人奸詐狠毒，而對所有的朋友失去信心。」

聶千愁忽問：「你說完了沒有？」

背後的人答：「說完了。」

聶千愁道：「我跟你講條件，那是因爲你是我的敵人，不是朋友。」

他說一個字好像擊響一記雷鳴：「我寧信任敵人，也不再相信朋友。」

然後他斬釘截鐵地道：「所以你第三個條件，我不能答應你。」

背後的人沉重地道：「我瞭解。」

聶千愁忽然舒了舒身子，伸了個懶腰：「既然今晚不殺人，我可以走了罷？」

「請。」

聶千愁走了一步，言氏兄弟連忙跟在兩旁，聶千愁忽然止步，笑道：「你不要我回頭，是不希望我認出你。」

「可是，」他嘴角有一絲極詭異的笑意，「我雖然沒有回頭，但我認得出你的劍、你的氣勢、你的殺氣。」

那在陰影中的人也沒有什麼動，突然間，卻令人感覺到這不是個人，而是一具冷硬的石像。

「我不希望真的是你。」

「要真的是你，別忘了捕王已經來了。」

聶千愁拋下這兩句話，人已上了馬背。

這兒總共有四匹馬，言氏兄弟上了另外兩匹，三騎放蹄而去，冷月下，孤清清的只剩下一匹馬和坍倒了的松樹、毀壞了的篷車，那馬吊了吊前蹄，發出一聲寂寞的嘶鳴。

◇◇◇◇◇◇

冷月下。

斷松旁。

大地無聲。

那人仍在陰影下。

本來人處於暗影籠罩之下，輪廓難免會模糊起來，但那人的形象卻更鮮明的標立在那兒。

高風亮舒了一口氣，臉色一陣青白，搖搖欲跌，丁裳衣急忙扶住。

暗影裡的人道：「你剛才跟魯問張搏鬥時，已受了外傷，傷得不輕；搏戰言有義時，再傷元氣；而砍聶千愁三刀，是聚平生之力，發而無功，就傷得更重了。」

高風亮笑笑道：「不要緊，我運氣調息一下便沒事；」他指指唐肯，道：「他受傷比我更多——」

唐肯立即道：「局主，我壯得像頭牛，挨得幾下子算得了什麼？」

丁裳衣抿嘴微笑：「那有人說自己像頭牛的！」

高風亮也欣賞地道：「他像頭豹子。」

唐肯道：「笨豹！」他這麼一說，大家都笑了起來。

連暗影中的人也有笑。

這人似乎不像他的殺氣一般冷酷無情，也不像他的身分一般神祕玄詭。

唐肯突然問了一句：「袁飛呢？」

原來他還是惦記著丟下他們先行逃離的袁飛。

暗影中的人微微一嘆，道：「給聶千愁殺了。」

唐肯居然很不悅的問了回去：「你既知道聶千愁要殺袁飛，爲何不出手阻止呢？」

高風亮截道：「唐兄弟，如我沒猜錯，那時候，這位大俠正把追騎打發掉，而且要運這明月鏡來鎖住聶千愁，只怕他也沒法子兩頭兼顧。」

唐肯楞了楞，道：「對不起，我以爲你見死不救；」他頓了頓又道，「其實我是很感謝你的救命大恩的，但我又不敢問你貴姓大名。」他自從在菊紅院拚鬥時很不適宜的去問了高風亮的名號以後，便警惕了起來。

丁裳衣忽然道：「你瞞得了別人，卻瞞不了我。」她很肯定地道：「我知道你是誰。」

唐肯很吃驚的望向丁裳衣。

丁裳衣在月下柔得像在夜晚裡觀賞一朵靜眠的玫瑰。

「你是許吉。」

「你一定是許吉。」

丁裳衣道：「我是女孩子，而且關大哥說，我很細心，聽過一次別人說話，十年八載後一樣辨認得出來。」

她說到關飛渡時，笑得很溫柔甜蜜，幸福洋洋灑灑的溢在她臉上，正孕育一場夢碎：「甚至只要聽過一個噴嚏、一次呵欠，我都可以分得清楚。」

暗影裡的人沉默半晌，道：「我看到別人劍上的血，就知道是傷了敵手的手還是腳、肝還是臟，連傷得重不重、會不會致命，只要見到一滴血，就可以推測出來。」他的聲音冷硬，但聲調溫暖：「看來，妳比我還要有本領。」

他說著，緩緩的自陰影裡踱出來。

這個人一走出來，正好月亮也自雲層裡全露了出來，大地亮了一亮。

馬嘯了一聲。

遠處有松風。

高風亮乍看，還以為是在叢莽裡走出了一隻精壯的獸，再看第二眼的時候，卻感覺到溫暖。

一種活力的、朝氣的，而又帶著堅忍的、瞭解的溫暖。

在一個年輕人身上，竟有那麼多相近而不相同的個性，強烈而不侵人的氣質，高風亮的「神威鏢局」以知人善任稱著，竟都不曾見過。

唐肯卻很高興的叫了起來：「許吉，我一直都惦著你，原來你還沒有死掉哇許吉，害我白擔心。」

許吉的神態與先前那小跟班許吉全然不同，然而他還是許吉。

許吉笑道：「我知道。」他銳利的眼睛望著唐肯，神情卻出奇的溫和。「我們只不過才見過一次面，難得你有這樣的情分。」

唐肯道：「我們共過患難嘛，共過患難還不算是好朋友？」

高風亮道：「如果他不當你是好朋友，怎會兩次出手救你！」

唐肯不明白：「兩次？」

高風亮道：「一次在菊紅院門口，他以一支蠟燭截下『巨斧書生』易映溪的追襲。」

唐肯還是不明白許吉幾時出過手，許吉道：「高局主好眼力……」說著，身子微微一顫。

丁裳衣眼尖，一瞥便看見許吉嘴邊微微溢血，叫道：「你……你受傷了!?」

許吉抹去嘴邊的血，映著月光看一看手掌上的血跡，有一種很奇異的表情，像一頭狼回到巢穴上舐身上的傷口一般平靜，平靜得有點像在鑒賞自己的血，有一種文靜得十分獸性的感覺。

許吉道：「不礙事的。」

丁裳衣關切地問：「怎麼受傷的？」就像關心自己的小弟弟摔倒流了血，見他不哭不嚷，反而怕他傷重，便耐心的問下去。

許吉花崗石似的輪廓有一絲笑容。

「我刺聶千愁那一劍，是全力一擊，但在半途陡止，內力反挫，震傷自己——不過，不礙事的。」

——這是何等可怕的劍術！

一劍既出，別說敵手無法招架，連自己也無法控制，一旦停手，竟然反震傷自己！

這已不是劍的招式，而是劍的生命。

用劍的人已使劍有了它自己的生命，傲然獨立，不受人駕馭。

這種劍法的威力是劍本身和人本身合一的至大力量，一旦出擊，生死已置於度外！

可是使這一劍的人寧可震傷自己，都不讓這一劍殺人——這是何等的膽氣心懷！

許吉解釋道：「聶千愁在十年前『老虎嘯月』的絕技，已非同小可，而今他再練成『三寶葫蘆』，更不可輕視。可是我不想殺他。」

丁裳衣道：「你不是已擊退他了麼？」

許吉道：「我是攻其無備，以一面鏡子，奪去了他的注意力……何況，三個葫蘆裡，他只用了一個。」

他仰望明月，道：「這個人，性格極爲偏激，行事易走極端，又至爲驕傲，一擊不中，便不再戰，一旦處於下風，亦肯直認不諱，不過，他日他總要再決勝負不可。」

唐肯不禁問：「那你……你也沒有把握能勝他？」

忽聽高風亮道：「他不能勝？別的人勝不了『老虎嘯月白髮狂人』，理所當然，如果說『天下四大名捕』也勝不了，那教誰會相信？」

唐肯張大了口，望向高風亮。

高風亮冷冷地道：「有誰的劍，殺氣那麼大？有誰劍法那麼好，卻這樣年輕？有誰一招能逼退聶千愁？有誰一劍陡止，反而震傷自己？」

他懷有些許敵意一字一句地道：「冷血、冷捕頭，你要抓我們歸案，就請吧，別再貓玩老鼠，擒而縱之、縱而再擒了。」

唐肯睜大了眼，望定「許吉」。

月色冷。

劍鋒也冷。

人心冷不冷？人血冷不冷？

「許吉」笑了：「我是冷血。」他一笑的時候，猶似春陽暖和了寒冬，燭火照亮了深夜，教人沒法拒抗那一股溫暖。

「我本來是要抓你們的；」許吉繼續道，「不過，看來，我不會抓你們了。」

高風亮即問：「爲什麼？」

「因爲你們是冤枉的；」冷血道，「我是從來不冤枉好人的。」

高風亮的眼眶突然濕潤了。

沒有被真正地全面地徹底地冤枉過的人不知道，被人冤枉、不被人信任、到處像過街老鼠一般給人追擊是一件多麼可哀的事。

而今居然有人一開口就道出他們是冤枉的，而且，說的人還是追緝他們的最頂尖高手。

唐肯這次是望向丁裳衣：「丁姊，這是……？」

丁裳衣貝齒咬著下唇，也瞅著冷血，道：「我也不知道。他加入『無師門』，日子很短，而且常常不在，是大哥介紹他進來的。很多行動，他都沒有參與，有一段日子還無故失了蹤……直至這次破牢救大哥的行動裡，他才有出色的表現……」

她的神情不知是喜是嗔：「我不知道許吉就是冷血，一個『無師門』新入門的小兄弟竟是『天下四大名捕』裡最年輕兇狠的冷血。」

冷血道：「對不起，因為要辦案，我的身分不得不隱瞞。」

丁裳衣柔媚的眼色在月光下更柔媚，一個女子在這時候的臉靨蘊釀著一點點的春意最好看。「那你這次救我們，就沒有準備再遮瞞下去了？」

冷血點頭。

丁裳衣像不許一個孩子亂吃東西一般地搖首，道：「你還是騙了我一件事。」

這次到冷血有些詫異。

丁裳衣抿唇笑道：「你說你只看血便能測出傷口，但據我所知，冷四捕頭還過目不忘，過耳不忘，我這聽聲辨人的功夫，比起冷少俠你，還是差了十萬八千里。」

她格格地笑著，笑完之後，神情一冷，道：「冷捕頭，謝謝你的讚美，但我不要聽到假話，無論得意或失意的時候我都不想聽到不真誠的話。」

剛才她憑聲音認出是「許吉」，當時冷血讚她聽音辨人的本領，但冷血除了著名的「劍狠人勇，拚命第一」外，一樣能細心入微，凡過目入耳的事物和聲音，都能牢牢記住。

冷血沒料丁裳衣在這時候會說這樣的話，他似怔了怔，道：「我不說謊。」

丁裳衣定定的望著他，問：「我有幾個問題問你。」

冷血的心，有人說，是用劍磨成的，所以，不怕痛，不怕苦，不怕傷，不怕死。

聽到丁裳衣這樣冷漠的話，冷血的心就似是忽然死了。

丁裳衣站在那兒，豐腴的身姿使得裹在她身上的衣服脹綳綳的，雙鬢像包著美味餡子的小籠包子，她定定看著他的時候，他卻感到「媚眼如絲」這四個字。

但他還是很定。

「妳問。」

他說。

丁裳衣卻在懷裡掏出了一支香，點燃後當風拜了拜，長長的睫毛在尖挺的鼻子上輕顫著，有說不盡的意虔心誠。

然後把香插在土地裡，回過頭來。

四 捕王

丁裳衣一連串的問：「你爲什麼要參入我們『無師門』？你爲什麼要救我們？你是要害我們還是要救我們？你究竟憑什麼知道我們是冤枉的？既然明知是冤枉爲何要眼看關大哥死『無師門』毀？究竟你要做什麼？你來幹什麼？你還要想做什麼？」

人人都等著冷血的答覆。

「我們得要走了。」冷血道，「一面走一面說，否則，追兵就要來了；再被困住，可不易突圍。」

丁裳衣一雙妙目，凝睇著他，問道：「有一件事，你一定得回答了才走。」

丁裳衣這樣說話當然很無理，因爲走不走只在於她和高風亮、唐肯的安危問題，冷血走不走似無關緊要。丁裳衣居然一定要他回答問題才走。不過，這句話由丁裳衣口中說來，卻並不讓人感到霸氣，只像一個小姊姊在逗小弟弟玩玩。

「你在怕一個人？」

冷血目光突然銳利。

「你在怕誰?」

冷血瞳孔收縮。

良久,他答:「李玄衣。」

這三個輕輕吐出的字,彷彿三塊冰,同時擊中丁、高、唐三人臉上。

◇◇◇◇◇◇

高風亮失聲道:「『神捕』李玄衣……!?」

冷血搖首:「他不是神捕,神捕是當年的柳激煙,他是我們這一行裡的王,我們都稱他『捕王』而不名之……」

柳激煙是「神捕」,卻在三年前,「兇手」一案中,知法犯法,最後作法自斃,終於死於冷血劍下。冷血本來在「天下四大名捕」中一直被人視爲忝居其末,但經彼一役後,他在「四大名捕」裡的地位有青出於藍之勢。丁裳衣道:「想當年神捕柳激煙,也一樣死在你手裡,而今區區一個捕王……」

冷血打斷道:「捕王的武功,非同小可,決非柳激煙可比……雖然他沒見過我,可是七年前,他和世叔啓奏聖上,保薦過我們,我們才能順利升爲聖上名捕快，有權先斬後奏……」

他語調稍爲高揚：「我殺柳激煙，是因爲他假公濟私，濫用職權……捕王不同，他是個盡忠職守的好捕頭。」

他眼睛發著亮光：「諸葛先生以前常告誡我們，要向兩位捕頭前輩多學習，一位是『捕神』劉獨峰，另一個就是『捕王』李玄衣……」

丁裳衣笑道：「我知道，你怕李玄衣，一是因爲他是你的偶像，二是因爲他是你的長輩，三是因爲他德行無虧，加上他武功高……」

冷血道：「高不可測。」

丁裳衣道：「那你走罷。」

冷血一奇：「我走？」

丁裳衣道：「我不希望你爲了我們而冒那麼大險難。」

冷血道：「世上有爲難的工作，就會有克服爲難的方法。」

丁裳衣道：「他是你的前輩……」

冷血截道：「你們是我的朋友。」

他輪廓深明，固執而肯定地說下去：「歷朝以來已太多冤案了。無論要對抗誰，我都決不允許冤案繼續！」

夜裡一聲馬嗚。

颯颯風聲。

丁裳衣沒有再跟冷血多說，她回頭，問高風亮和唐肯：「你們要去哪裡？」

高風亮和唐肯異口同聲的道：「鏢局。」

丁裳衣柳眉剔了剔，「可是……也許所有的捕快，都在那兒等你們回去……」

高風亮長嘆、俯首，道：「但我們不得不回去。」

唐肯也堅定地點首：「我們一定要回去一趟。」

冷血沒有問爲什麼。

他只說一個字：

「好。」

◇◇◇

回「神威鏢局」無疑係等於：「明知山有虎，偏向虎山行」。

「神威鏢局」是被青田縣縣大爺親自下令查封的鏢局，而「神威鏢局」的局主高風亮老早就是通緝犯，至於鏢頭「豹子膽」唐肯，更是越獄死囚。

官兵圍剿匪黨領袖不獲，丁裳衣跟唐肯等脫逃，自然便會疑心他們折返青田鎮「神威鏢局」，這樣一來，此行實凶多吉少。

只是高風亮和唐肯卻不得不走一趟。

高風亮知道冷血和丁裳衣陪他們一行簡直是近乎送死，所以在路上他不得不解釋：

「我一定得回去一行。」

「經過北旱砂壩那一役，鏢銀被劫，我屢次想回去，但官府已不由分說，查封鏢局，派兵屯守，且將我畫像張貼，懸紅緝捕，我想自首投案，但又聽聞好幾位在那一役中劫後餘生的兄弟：一旦被抓去，不分青紅皂白的用刑，或被處死，所以我始終徘徊潛伏在大牢附近，既不能回去，又不敢妄動……」

「後來，我聽到大牢火光沖天，有些騷動，便潛往該處，看見丁姑娘和唐兄弟殺將出來……我見是丁姑娘，便想到最近關飛渡關大哥昂然入獄的事，知是『無師門』的朋友有所行動……」

「無師門裡我有一位從前的老兄弟，便是袁飛，我到菊紅院去找袁飛打聽唐兄弟的下落，不料正好撞見官兵圍剿無師門的朋友，我想菊紅院必有事，於是趕去，正好遇上……」以後的情形，便是高風亮擊倒一名衙役，穿上官服，幪面拯救唐肯。

「可是案發以來，我一直沒有回過鏢局……這次一去，縱走得成，只怕也十年八載才能回來，也不知何日才洗雪此冤……萬一走不成……，老婆孩子，定必傷心，總要見上一面，交代幾句話，要她不要再等，改嫁從人，才能安心……」

四人四馬在驛站歇息，這時，是夜央未央前最黑暗的時分。

晨風吹得四人衣袂緊貼身軀。

晨霧像雲海的佈置一般，東一簇、西一簇的，彷彿是凝結的固物，但又聚合無常。

唐肯挨在榕樹坐著，用拳頭輕擊樹幹。

冷血站立在馬旁，負手向著飄浮不定的晨霧。

丁裳衣癡癡地望著自己插下的香發出微弱的金紅色光芒，過了一會，回過神來，便走近正在滿懷憂思的高風亮：「其實，這一行可能只是暫別，畢竟……冷捕頭在，他會替我們申雪冤屈的。」

高風亮苦笑道：「冷捕頭已經幫了我們很大的忙了。」

唐肯側首望去，只見冷血銅像一般的背影。

冷血負在背後的手已緊握成拳。

唐肯覺得這個曾經像自己的小兄弟的人有時陌生得像前代偉人，怎樣也揣摸不清他的胸懷，不禁問道：「你……你在想什麼？」

冷血看著那舒捲聚凝的霧。霧深處，夜濃；夜深處，已微破曉。

「天要亮了。」

「天亮好趕路。」唐肯笑道。

冷血搖首。「天亮之後，聶千愁便可以殺人了。」唐肯這時才想起聶千愁的承諾：只應承今晚不殺人。「無論他們走到哪裡，遲早死在我手上。」這是聶千愁臨走時說過的話。

——這「老虎嘯月」，聶千愁的武功極高，恐怕連高局主都不是他對手。

——不過，關飛渡關大哥能不能制得住他呢？可惜，關大哥一上來就給人廢了，但在他殘障之餘，仍能對付言氏兄弟、易映溪等數大高手綽綽有餘，只沒有和這個聶千愁交過手。

——至於冷血呢？

——那捕王李玄衣，看來聲勢猶在冷血之上，他的武功會高到什麼地步？還有一手造成此事的李鱷淚李大人呢？

唐肯在這樣的生死關頭，卻很有興味的反覆地想這些——其實，他被江湖朋友稱為「豹子膽」，不僅因為膽大，更因為他一副「天塌下來當被蓋」的豪氣，隨時隨地開解自己，充滿信心迎向挑戰的個性。

通常，不怕跌倒的人就是站得最持久的人。

冷血含笑看著他，只見這虯髯滿腮、眉濃眼大的漢子，坐過監、受過傷、被人冤枉，遭人通緝、現在還給人追殺著，甚至今夜不知明日生死安危，然而他還是興致勃勃，帶著崇拜與想像的神情看著自己。

「說說你自己罷，你未成家立室，是飄泊天涯的漢子，為啥一定要回去？」

「我一定要回去。神威鏢局就是我的家，我爹就是現在局主爹爹的得力助手，爹過世後，我是高老太爺一手扶養長大的，武功也仗他的指導才有今天，我就是在局裡長大，局裡的女子是我的姊妹，局裡的漢子就是我的兄弟，大伙兒就像一家人一樣。老局主死後，這位局主待我也很好，一如手足，所以，我一定要回去一趟——」

「我要回去看看神威鏢局，在老局主靈前磕頭……還要跟小彈弓、小心說一聲，我要離開他們一段時間了……」

「小彈弓」是鏢局裡跟唐肯最合得來的一名跟班，唐肯可沒把他當跟班，只把他當兄弟看待。

「小心」其實便是「高曉心」，高曉心是高風亮的女兒，高風亮把她當掌上明珠一般。他跟高曉心自幼青梅竹馬，她刁蠻可愛，局主也有意要撮合這頭親事；唐肯是極喜歡她，甚至可以說是溺愛她，但卻只把她當妹妹看待。

「可惜吳勝無法一起出來……」唐肯這樣喟息道。

冷血一直望著他那多表情的臉。

這張極爲男性的臉孔上，卻受了黥刑，額上有刺青的記號。

——這樣待人熱誠的人，又怎會犯上這種的罪呢！

——既然案情還未分明，又怎可草率定罪，在僅僅是嫌疑犯額上烙下了一輩子洗脫不了的刺青？

——自己身爲捕頭，這樣的事，該不該管？能不能管？管不管得來？

——李鱷淚的頂頭上司，在朝的地位比諸葛先生更高，擁有重兵，身邊有無數江湖好漢武林高手效命，當年唆使「干祿王」叛亂，再指使十三凶徒殺人滅口，自己現在爲了幾個貧民去惹他，會不會使諸葛先生及三位師兄弟爲難……？

丁裳衣忽然幽幽地道：「天亮了。」

天剛破曉。

冷血已像塑像一般釘在馬鞍上：「我們出發。」

四馬長嘯。

寒意深重。

征途遠。

殺氣濃。

「刀蘭橋」。

過了「刀蘭橋」，直撲梅山，再經不老溫泉，取道大小滾水，一天半便可抵達青田鎮。

青田鎭雖然爲「鎭」，但人口眾多，是古兵家必爭之地，也是現通商必經之處，土地肥沃，出產豐足，足可媲美青田城。

冷血等人卻不經梅山。

因梅山一路有駐軍，而且是要道。

冷血選擇了取道翠屏山——雖然多了半天的行程，但卻以山勢之便，較易擺脫官兵的追擊。

——只是這兩天的路程，能不能平靜無風波？到了青田，又是如何一個局面？

◇◇◇

冷血一行四人，到了「刀蘭橋」。

「刀蘭橋」橫跨刀蘭溪，是到南鎭中心要道。

冷血他們抵達「刀蘭橋」是在正午。

橋上人來人往。

橋下流水潺潺。

在橋邊還有小販賣東西，小孩拍手歌笑，錦衣春衫的少年春堤賞柳。

冷血等四騎，喀得喀得到了橋上。

唐肯、丁裳衣都在含笑看橋上橋下人間的喜鬧；高風亮卻惋嘆：萬一自己不能再回來，這些物意人情，真不知何年何月方能再見了。

他這樣想的時候，不禁意志有些消沉，他自從接任「神威鏢局」局主以來，意氣風發，得意昂揚，沒想到一件事下來，把他的地位打得碎散，一下子，他沒有了名譽，沒有了事業，也沒有了兄弟手下，有家歸不得，凡此種種，在他以前來說，都是難以想像的事，沒料都是一朝一夕間全遇上了，而且沒得翻身，一直沉淪下去，直至遇到冷血，才算是第一位同情而且瞭解他這冤案的公人。

他想著想著，突聽一聲斷喝：「停！」

這聲音甫響起時他還未會過意來，但坐騎已陡然而止，發出一聲長嘶。

他疾回首，只見跟在他後面的冷血已一手抓住馬尾，那馬便寸進不得。

冷血兩眼發出劍一般的厲芒，盯著在前面橋拱處的一個鳥籠。

鳥籠後有人。

鳥籠只遮掩那人的臉，卻遮不住那一雙冷如刀鋒的眼睛。

四人齊勒馬。

只有冷血下馬。

他下馬的姿勢很奇特，就像一個人走下一級級的石階一般，但一點破綻也沒有。

橋上行人熙熙攘攘。

冷血走近鳥籠。

鳥籠裡的小鳥驚喧、飛撲著。

冷血冷冷地道：「你來了。」

那人道：「我說過我會來的。」

冷血道：「你要怎樣？」

那人道：「一樣。」

冷血目中神光暴長，籠中的鳥沒命似的撲打著。

「要殺他們，先殺我。」

鳥籠後的目瞳收縮，冷而銳利，就像箭簇沾上厲毒。

就在此時，一陣急促的打馬奔馳聲，迅疾傳來，途人紛紛驚呼走避。

五　老中青

馬上的人貼著馬背而馳。

馬背上，在陽光下閃著熠熠厲芒。

馬衝向橋頭。

待衝近時才看清楚馬上的人揮舞著巨斧。巨斧在午陽下，像一朵旋轉的銀花，激盪的風聲直欲絞碎人的聽覺。

馬蹄急雷也似的在橋墩彈響。

馬已衝上拱橋。

飛舞的巨斧電般劈向冷血。

冷血仍立於橋中央，背向來馬，屹立未動。

陡然間，鳥籠飛起。

鳥籠後打出一道鏡光。

同時間，冷血的劍出鞘。

他的手也乍起一道奪目的白光。

鳥籠落地。

烈馬已奔過橋心，馳離了拱橋。

馬再騁馳約莫十來丈，「砰」地馬上的人摔下。

血迅速的染紅了泥沙地。

途人驚叫，掩面而走。

拱橋上，鳥籠裂開。

鳥飛去。

拱橋上的人仍凝立著。

鳥籠不在了，鳥籠後的人本來戴著竹簸，現在竹簸裂開，露出一頭白髮。

白髮人冷冷地道：「你進步了，我看錯了。」回頭就走。

陽光下，白髮閃亮著幾點血珠。

◇◇◇

唐肯、高風亮、丁裳衣等爲這一場決戰而像被拉滿的弩，繃緊得無可渲洩；

唐肯第一個忍不住問道：「他看錯什麼？」

冷血望著聶千愁白髮蕭蕭遠去的背影。

「他看錯了，三年前，我的劍，只攻不守，只殺人不留命；」他道，「沒料到我三年後，用一劍引開他第一口葫蘆的攻擊，反擊在馬上狙殺者的身上。」

「所以，是聶千愁殺了易映溪。」

倒在血泊中的是易映溪。

「你勝了！」唐肯喜悅地叫道。

「不。」冷血堅決地，「他始終只發出第一隻葫蘆，還有兩隻，才是他的殺手鐧。」

高風亮看了這一場決鬥，只覺得自己過去意興風發的決鬥全像小孩子玩泥沙一般不著邊際，有些頹懊的道：「那麼，他爲何不一併出手呢？」

「等更好的機會；」冷血雙目仍望在聶千愁消失了的地方：「他一擊不中，氣勢已弱，且受了傷，他要等更好的時機。」

丁裳衣問得更直接：「他不出手，爲何你也不出手？」

冷血苦笑道：「那是因爲我既無把握，同時也不想殺他。」他頓了頓，接道：「我只希望他不要殺你們。」

只聽街道上一陣吆喝聲，冷血道：「我們快離開此地，免惹麻煩。」

四人翻身上馬，疾馳而去。

橋上只剩下一隻裂竹籔、一個破鳥籠。

衙差和巡捕不久聚集在橋上。

又過了很久，衙差們都讓出一條路來。

有三頂轎子，在一匹馬的引領之下，到了橋上。

馬上的是魯問張。

他下了馬，親自掀簾，三個一老、一中、一少的人緩步走了出來。

魯問張的神態甚是恭謹，連一慣喜用梳子理鬍子也不敢拿在手上。

那鶉衣老人拾起了鳥籠，端詳著。

那錦衣中年也撿起了竹籔，察看著。

老人抬頭，跟中年人交換了一眼。

老人道：「是他？」

中年人道：「是他。」

白衣青年卻負手看堤柳，神態悠閒，不理橋上的事，彷彿心寄燕子穿剪翩翩。

那些小市鎮的衙役都不知道他們三人是誰，有的在喁喁細語。

「這三個傢伙是誰呀？」

「我怎麼知道呢？」

「我看他們來頭不小！」

「怎麼說？」

「連魯大人也親自爲他們領路掀簾子，難道官位還小得了麼！」

「這也是。」

「不管他們什麼來路，看來都不順眼。」

「你少嚼舌了，這三頂轎子可都是從李大人府抬出來的，這三個人，得罪一根頭髮都活不命長呢！」

「嘿，我就看他們不順眼，裝模作樣的，尤其那年少的，邪裡邪氣──」

說這句話的衙役原本是這一帶的地保，向來只有他威風的份兒，而今看到別人踩在他的地盤上，眼裡可沒瞧見他，不免要嘀咕幾句，沒料雖是低聲說話，說到這一句的時候，那青年忽回過身來，向他一笑。

這衙役呆了呆，便沒再說下去。

◇◇◇

當天回家，這位衙役正在洗澡的時候，忽然大叫一聲，自拔舌根而死。血，把木盆裡的水染成膠紅。

跨過不老溪，沿岸直上，已是申末時分，山邊天易暗，馬也疲了，人也累了。

溪旁卻有一些茶棚，結搭著些乾草柴枝，丁裳衣忽然問：「要不要浸溫泉？」

眾人一楞。

唐肯問：「溫泉——？」

丁裳衣笑嘻嘻的道：「有溫泉，我一聞就知道。」她的笑靨變成了緬懷：「當年，我和關大哥，千山萬水去遍，什麼地方也跑過，有什麼還不曉得的？」

冷血道：「好，」忽又道：「只是——」要是幾個男子泡溫泉倒無妨，現刻卻有一個女子，似應有避忌。

丁裳衣笑了：「怎麼男子漢大丈夫，比女孩子還作態！」說罷用手一指，只見那河床邊有幾個小潭，氤氳著霧氣，壁上鋪滿了翠綠的青苔，映著潭水一照，更是深碧沁人。

丁裳衣：「那就是溫泉，要浸，去浸，不浸，拉倒。」說著打開小包袱，取出一枝香點燃，然後插在一處石上，眾人都覺納悶，只聽丁裳衣低聲稟道：「大哥，我知道，你沒忘記我，我也永遠不忘記你。你在生的時候，到處拈花惹草，我也沒爲你守什麼；你死了，我還活著，在沒爲你報得大仇前，我一定不會尋死的，你放心好了。」

說罷，拜了三拜，竟脫掉衣服，走向溫泉。

丁裳衣脫去衣服的時候，一點也沒有忸怩作態，就像卸下頭巾，取下簪釵一般自然。

她用右手卸除左襖，這剛解衣的時候，腰帶已經除掉了，衣衽鬆軟地露出了一截肩膊，像塗上一層玉脂般的乳峰，溫柔得像坐在火爐旁邊望出窗外的雪峰，有一種寂寞的意思。

真正映著這胴體的卻不是火光，而是水色，那幽異的綠意，映得她豐滿的臉上有翠玉雕般的聖潔。

她在卸除左膊的衣衫，冷血只覺腦門轟地一聲，不敢再看下去。

當她卸掉上身的衣衫，酥胸菽乳陳現之時，高風亮也別過頭去。

只有唐肯眼睜睜的看著。

他心裡想：什麼，她竟敢……又想：非禮勿視，我怎能看下去……可是又想到：丁姊也不怕人看，只要心無雜念，怕什麼看!?隨後又想：自己整個身子熱烘烘的，連褲子也繃緊起來，這不是有雜念是什麼！想到這裡，真恨不得打死自己，但又想，有邪念又怎樣!?這是正常的呀！這麼美麗的胴體，又不是在偷偷窺視，明明想看，爲啥這般虛僞，假裝不看!?

一刹那間，他的念頭千轉百轉，但眼睛還是睜得大大的，望著丁裳衣的胴體。

她那白如豐脂般潔白的肌膚，白裡透著紅潤，只一瞥間，她已浸在溫泉裡，讓暖水擁浸到她的胸前。

她用手束起了後髮，閉著雙眸，她提起來的手勢使得她腋下的雪肌，比溫泉的煙霧還柔，那一雙乳房更像精緻的瓷碗的弧度一般勻美，也似白卵一般吹彈得破。

丁裳衣忽睜開眼眸，笑道：「我是江湖兒女，從不顧慮這些，你們可以說我不知廉恥，也可罵我傷風敗俗，但誰洗澡都是脫光光的，也沒什麼值得羞赧的事！」

丁裳衣逕自舀水沖洗，十分陶然的樣子。

這些人裡，冷血武功要算最高，但他的心裡像有個小孩在胸臆間狂擂，可能是因爲他那一股力，那一道勁，是任何人所永遠不能比擬的，只是他那更深沉的俠氣，比男性的威力與魅力更深刻。

他突然除掉衣服，像野獸回到原始森林裡一般自然，有力而強勁地躍入另一潭中。

浸在溫泉裡，熱氣蒸騰，他似駕馭在熱流中，全身感到舒泰。

丁裳衣向冷血笑道：「你這叫強忍，不是定力，這樣子禁慾法，對你不是件好事。」

冷血冷不防一個女子竟會劈面跟他提性慾的事情，呆了呆，許是因爲地底熱泉湧侵，臉都紅了。

高風亮長吸一口氣，哈哈一笑，向唐肯道：「這樣子的袒裸相對，我既不是君子，定力也不夠，恕我不想出醜。還是你去洗吧！」

唐肯鼓起大眼，道：「我……」

丁裳衣笑了。她以肘部斜倚在長有青苔的岩石上，身上冷瓷似的白，櫻唇鮮艷的紅，令人耽心她如柔脂的玉臂怎支持得住這豐滿的身姿。

「怎麼你們男兒家那麼囉嗦……」

唐肯怪叫一聲，連人帶衣服躍入潭中。

高風亮不覺莞爾，「你這算什麼，投水自殺？……」

丁裳衣笑加了一句：「飛蛾撲火。」

唐肯濕淋淋的再浮了上來，臉上的鬚虬更加黑亮，髮上還滴著水，隔著水霧看丁裳衣，那動人的身姿似只投影在水裡，也會變成風情；就算在水裡看見，也要化成慾望。

冷血浸在水裡，忽然像回到了孩提，用手打著水面，濺起水花，好高興的樣子，平日充滿殺氣的臉上竟洋溢著一片童真。

丁裳衣笑道：「你們男子，太多顧忌……不痛不快的，真是自欺欺人。」

高風亮在岸上笑道：「丁姑娘，其實我們男人不好做，女子沒有的問題，我們都有了。要想做就去做，痛痛快快，那只有罔視道德禮教，但道德禮教存在又是必要的，必須的，若要反其道而行，那又無異於禽獸了……」

丁裳衣笑道：「你說的是實話，但是做法很矛盾。」

高風亮苦笑道：「丁姑娘，我要是妳，長得這般誘人，就不敢在男人面前——」

丁裳衣笑道說：「有什麼禁忌的？難道留來裹在衣服裡，到老太婆死去時才給件工看麼？」

高風亮一時無辭以對。

丁裳衣又道：「其實在野地山谷裡，浸在溫泉中泡泡，是一大樂事，拋開一切俗文，這樣赤裸裸的，不也是件自然的事嗎……？」

高風亮苦笑道，「我就怕——」

驀地寒鴉掠起。

岩層上空蹲了一個人。

這黑影的姿勢，是隨時縱撲擊下。

高風亮語言陡止，冷血也覺得頂上一黯，岩上有人！

但是他已脫了衣服，浸在潭裡！

敵人就在他的頭上。

敵人發出一聲急嘯，灰髮一閃，斜掠越過潭水，撲向高風亮。

忽嘩啦一聲，水花四濺，冷血自水中拔起，水光中，鏡芒一閃，自下刺向來人腹腔！

那人大吃一驚，沒料冷血竟帶劍下水，匆忙間一擊震碎腰畔第二口葫蘆，剎那間，噴出大量煙霧，罩向冷血。

冷血一個翻身，左手夾住唐肯右手扶著丁裳衣，掠出溪潭，落在口定目呆的高風亮身邊，疾喝：「快閉氣！」

俟煙霧散後，冷血、丁裳衣已穿上衣服，跟高風亮、唐肯已騎上了馬，躍到岩上俯瞰下來。

冷血手中還持著劍。

劍鋒處有幾滴將凝未凝的血跡，冷血將劍一抖，血珠飄落，滴入潭中。

輕輕地「篤、篤」的響。

唐肯在晚風中冷得發抖，牙齒得得作響，問：「他呢？」

冷血沉聲道：「走了。」

丁裳衣沒看清楚，交手的剎那太快了，而那人所踞處正是背向夕陽：「是聶千愁？」

冷血道：「現在近暮，他正灰髮。」

丁裳衣問：「你傷了他？」

冷血頷首道：「他沒料到我連浸在水裡，脫去衣服，也沒有擱下劍。」

丁裳衣睞了他一眼，笑道：「誰料到你連洗澡也帶劍的。」

高風亮微喟道：「這煞星……走了就好了……」

冷血道：「不。」

他接道：「他仍會在前面。」

他望著斜昇的彎月，道：「我已破了他兩口葫蘆，下一次出手，他的目標是我。」

唐肯望望冷血，又望望丁裳衣，再望望月亮，晚風徐來，忍不住又打了一個噴嚏，騎下的馬也受到驚嚇，嘶了一聲。

第四部　夢幻天羅

一　黑洞

翠屏山。

「翠屏夕照」是這兒一帶的美景，山勢龍蟠虎踞，一脈連成七十五座山峰，中峰如菩薩端坐，眾小峰四圍拱峙，分支環抱，暉映深碧，不可擬狀。

翠屏山自山腰起，很多洞穴，穴穴連連，洞洞相通，洞穴深邃暗黑，傳有人在裡面拾得奇珍異寶，價值連城，也有人一入不返，屍骨全無，總之什麼異人、怪物、神祕、鬼魅的傳說，在這裡都有。

冷血知道有這樣的一座山，也知道有這些洞窟，但卻不熟悉地形。

熟悉這兒一草一木的倒是在這兒自小玩到大的唐肯，高風亮也相當熟悉。

他們到翠屏山的時候，是在清晨，旭日未耀的時候。

他們在山下過了一夜，嚴守防範，不敢摸黑出發，免遭所趁。

到了翠屏山，旭日在群山托起一道隱隱的紅光，似瞬間就要沸騰起來，灰藍的沉雲也漸轉鑲金紫的邊兒。

唐肯指了一指地下一個大裂縫。

「從這兒跳下去，洞洞相連，穴穴相通，是到青山鎮最快的捷徑。」

唐肯率先跳了下去，冷血緊跟他後面，接下來便是丁裳衣，押後是高風亮。

岩穴起先非常狹窄，也十分陡削，黑漆不見五指，唐肯與高風亮一前一後點燃了火把，但每走幾步，便要往下一沉，時深達丈餘，尖石稜岩，甚不易落腳。約莫走了半個時辰，轉了幾處洞壁，所處漸寬，空氣清涼怡人。洞裡有千奇百怪的筍石，有各種的形狀，吃火光一照，晶瑩翠麗，氣象萬千。洞位雖越漸寬敞，卻十分幽靜，連彼此心跳聲都可以聽聞。

唐肯忽然仰面。

眾人都怔了一怔，不知他要做什麼。唐肯卻大大的「哈啾」一聲，打了個仰天噴嚏。

這一聲「哈啾」，便不絕的在洞裡迴響著，像這裡有人打了一個噴嚏，聲音未完，那裡又有人再打一個噴嚏一般。

眾人不覺莞薾。丁裳衣笑啐道：「就聽你打噴嚏。」

四人又靜靜走了一段較崎嶇的路程，冷血忽道：「高局主。」

高風亮道：「什麼事？」

冷血道：「你們押餉失劫的事，能不能原原本本的告訴我知道？」

高風亮長嘆一聲，丁裳衣笑道：「你就說說罷，總比光聽人打哈啾好聽。」

高風亮苦笑道：「我這故事只怕比他的噴嚏更不好聽。」

「青田縣這一帶，神威鏢局算薄有名氣，座落的地方雖小，但通常江湖朋友都很給面子，到青田鎮去賞我們飯吃……。」高風亮宏厚的聲音在洞裡幽幽震盪。

冷血截道：「高局主毋用過謙。當年，高處石高老太爺創神威鏢局的時候，諸葛先生就對石鳳旋石大人說過，這鏢局氣派不凡，局裡上下，親同手足，戮心合力，不分彼此，而且還設有『義鏕』，保鏢所得，全捐給窮苦人家，還收容貧家子弟，參與保鏢，學習功夫，奠定他日謀生的基礎；」冷血頓了一頓道：「所以，諸葛先生跟石大人說，神威鏢局一清鏢行面目，若能支撐個二、三十年，必有大成，別樹一幟。」

高風亮忙道：「石大人在任的時候，對敝局，一直非常關照，那時候，什麼事體也沒發生過……」

冷血接道：「石鳳旋石大人爲奸臣陷害，幾致滅族，諸葛先生幾經代爲周旋，並勸諭石大人引咎暫避，免遭奸人所害……石大人於是被貶徐州，不料在途中，仍遭賊人殺害！」說到這裡，不覺也義憤塡膺。

高風亮嘆道：「石大人是社稷棟樑，清廉耿直，卻爲奸臣暗算……聽說殺死石大人的，竟是諸葛神侯府邸的高手，不知——？」

冷血恨聲道：「他們其中一人確是諸葛先生的師侄，外號人稱『青梅竹』，……不過，他們受奸相傳宗書撥弄，棄祖忘宗，迫害忠良，爲虎作倀，貪權恣勢，絕不是諸葛神侯府的人！」

高風亮也不甚明白朝廷上的鬥爭，哦了一聲，便說下去：「我爹爹得石大人庇護，一直都非常順利，神威鏢局的門面也一天比一天擴充……後來爹過世了，把鏢局交給了我，我也幸不辱命，總算擺出來算是個場面，從三家分局，擴建了九處分局，不料，石大人失勢慘死後，一切都變了樣……」

冷血道：「令尊當年是石大人手下紅人，為鄉里百姓行了不少善功，做了不少善事，而今李鱷淚李大人得勢，他決不會重用你們的。」

高風亮慘笑道：「本來大丈夫行當於世，為所當為，他重不重用，又有何關係？只是他故意挑剔，說我們組織民黨，必有野心圖謀，諸多留難，屢作複查，我不勝其煩，只好把九大分局，縮減成四處。後來……真是屋漏偏逢連夜雨，有兩處分局押鏢失手，逾月未起回鏢銀，也給縣衙查封了……只剩下一處分局以及青田總局。」

高風亮忽道：「冷兄，您是不是有話要說？」

冷血道：「我想，如果諸葛先生在此，一定會勸你一句話。」

高風亮道：「請直言。」

冷血道：「青田鏢局獨力苦撐，志節不易，甚為可敬，不過，應該是解散的時候了。」

高風亮長嘆道：「是。苟全性命於亂世，不求聞達於諸侯，明哲保身，退待時機，在混混濁世之中以一副摧陷廓清衛道執公的旗幟出現，那是最笨不過的事。」

冷血道：「翻開歷史，屢見不鮮。」

高風亮道：「我也不是不知。但神威鏢局百數十口，人人靠刀口吃飯，實在不能說結束就結束，所以就……就發生了北旱砂壩的事！」

「噗」的一聲，冷血和唐肯不小心都踩入水畦裡，唐肯叫：「小心，地上有水坑。」冷血道：「請說下去。」

高風亮道：「冷兄知道這兒一帶課稅加倍的事？」

冷血點頭道：「聽說這一帶近日風調雨順，盛產豐收，民裕豐收，所以才加倍徵收課稅……」

高風亮「呸」了一聲：「這體面風光的話都是那些狗官取悅上級說的，哪有——」隨即省起，忙道：「我不是罵你！」又忿然道：「哪有什麼豐收！哪有什麼民泰！溝子口那干股匪作亂不論，年初黃河氾濫，把淤泥沖積河床，紅土坎附近又起林火，加上淡邊地的瘟疫，真可謂天災人禍……」陡又省覺，加插一句：「我不是『呸』你，我是『呸』那些魚肉鄉民的貪官！」

唐肯也憋不住，道：「說什麼皇恩浩蕩，體恤民情，倍加課稅，進奉朝廷，那也罷了……還加了什麼鹽稅、米稅、車馬稅、還有什麼人頭稅……家裡多了個呱呱墜地的嬰兒，還要付出七、八擔米的年稅，一年添上三件衣服，也要加稅，這算什麼玩意嘛！」

冷血鐵青了臉，在火光閃耀裡冷沉不語，誰也不知道他在想些什麼。

高風亮瞄了瞄冷血，接道：「今年在青田三縣總共徵收了一百五十萬兩黃金，由我們押解到京師——」

冷血忽打斷道：「這些稅餉……一向都由你們押解的嗎？」

高風亮答：「當然不是，這一向是官衙的事，但自前年起，縣衙表示因為京城徵軍，所以分派不出人手，委任我們代押，酬勞倒……倒不算輕。」他長嘆一聲又道：「前兩次都平安無事，沒想到這次就出了事……家父的英名，鏢局的威名，都在我手下喪盡！」

冷血拍拍他肩膀，道：「你把案發始末經過說一說。」

「……那天，天氣奇熱，已是申末，但仍酷熱非常，兄弟們只望快些經過北旱砂壩，快些走過那一帶踩在地上像燙在鍋上一般的白砂丘……突然間，幾個後土丘衝出數十幪面大漢，掩殺過來。」

冷血問：「都幪面？」

高風亮點首：「都幪著面。我大聲喝問，叫對方亮出字號，但他們全不理會，不由分說，上來就殺，為首的兩個人，武功高絕，所向披靡，很多兄弟就是慘死在這兩人手下……」說到這裡，悲憤不已。

冷血忽道：「這兩人用的是什麼兵器？」

高風亮想了想，道：「這兩人，一個空手，一個衝到我們這兒，劈手搶得什麼兵器都成爲他的武器……我看這兩人是有意隱藏自己的武功和身分，我跟其中一人交手三次，自知武功遠不及他，甚至連對方招式家數也瞧不出來，真是慚愧。」

冷血道：「既然對方故意要隱瞞，那看不出來也很平常；只是，這人不用自身絕學而能與高局主交手中占上風，武功實在不可思議。只不知另一人——？」

高風亮聲音猶帶著震訝，「那人武功更高，在混戰中，只見他高低起伏，空手搶入我陣裡，好幾位鏢師都慘呼倒下，每殺一人，用手一抹鼻子，實在神出鬼沒。」

唐肯激憤地道：「那不是人，是個魔鬼，殺人的魔鬼！」又狠狠地打了個噴嚏。

冷血微喟道：「在這種情形下，你們實在不該再犧牲下去，各自逃命才是。」

高風亮拂髯嘆道：「奇怪的是，除這兩人外，餘眾武藝俱不高，他殺得我們二、三十人，我們也宰了他二十餘人，但是，後來又湧來一批幪面人，我見再不可戀戰，便發暗號，護餉突圍——」

冷血道：「在這種情形下，護餉是絕不可能的。」

高風亮道：「冷兄所說甚是。但我王命在身，本待誓死與稅餉共存，只是藝不如人，不久鏢車便被奪去，那兩個神祕高手之一也押鏢離去，剩下二十多人，由那隨手拿到什麼兵器都會使用的幪面人領隊殲滅我們……」

唐肯悲聲道：「那時，我們身上冒著血，流著汗，已苦戰到了晚上……」他說著，彷彿回到當時的情境，白色的旱砂染得腥紅處處，屍體狼藉遍野，黑穹星光閃爍，荒野間流螢點點，彷與星空對映。

那時候，他們就只剩下混身浴血的高風亮、唐肯、藍老大、吳勝、張義宏、黎笑虹六人，喘息著、狠狠地盯著那幪面高手和十餘名敵人。

忽然間，那爲首的幪面客一揮手，這些人全部急退，押著鏢車撤走得一個不剩。

他們錯愕不已。蒼穹上星光萬點，出奇的靜，又迫人的近。他們都不瞭解對方爲什麼會放過他們。

但見地上兄弟朋友們的慘死，悲從中來，高風亮強抑悲痛，作出分派：唐肯、藍老大、張義宏趕緊回總局示警，並調集人手，追查此事；黎笑虹和吳勝負責報官，而高風亮獨力去跟蹤那一干撤走的惡客——那爲首的兩名幪面客雖難以對付，但其他的人武功並不高，照理不難查出蛛絲馬跡。

唐肯、吳勝等都希望跟同局主高風亮一起去手刃大敵，高風亮那時橫刀叱道：「我們身逢此難，還婆婆媽媽，夾纏不清的做什麼！我們這幾個人，合起來都不是人家的對手，現在唯有分頭去謀求補救之策，能做多少就做多少，跟我在一起，反而沒好處！」

「神威鏢局」自創局以來，向來都威風八面，雖是遇過大風大浪，但幾曾有這樣的挫敗！

這苦戰餘生的幾人都是鐵錚錚的好漢，一時也不禁慌了神亂了手腳。

冷血聽到這裡，忽「啊」了一聲。

高風亮望了冷血一眼，繼續說下去：「我追蹤那一干匪徒，直過北旱砂壩，以爲要出關子嶺，不料他們一個回轉，返回青田縣，我覺得事有蹺蹊，便緊躡而去，到了黃蝶翠谷，卻發現一件奇事！」

唐肯搶著問：「什麼奇事？」他一時忘了高風亮主要是講給冷血聽。

高風亮的神情很奇特，像是回到了當天他所親歷的情境：

「……那一役下來，原本還剩下十九名幪面歹徒的，竟全都被人毒死了！」

唐肯「啊」了一聲，「是誰毒死他們？」

高風亮苦笑道：「我驗過，但驗不出是什麼毒。五官都全給毒腐掉了。」

冷血忽問：「那兩個幪面高手在不在裡面？」

高風亮答：「不在。想必是他們下的毒，殺人滅口，不留痕跡。」

冷血搖了搖首，說：「遲了。」

高風亮道：「我看見那些被毒殺的屍首，也一拍頭，才『啊』了一聲……於是便急急轉回北旱砂壩——」

唐肯喃喃地道：「我不明白……」

丁裳衣笑著在他後腦杓子上一鑿：「獃子！高局主想起在北旱砂壩時，便應該掀開那些歹徒的面巾瞧瞧，說不定早就知道做案的是誰了……剛才冷捕頭聽到高局主要眾人分散行事而沒即刻察看地上屍體之時，便『啊』了一聲，想必那時已省及這點。」

冷血淡淡地笑了笑：「只怕，高局主回去再要看，已來不及了。」

高風亮跺足道：「是來不及了。偌大的北旱砂壩，除了神威鏢局夥計們的屍首外，連一件敵人的武器也沒遺下。」

唐肯仍楞楞地道：「他們這樣做，是什麼意思……」擦擦唇上的微濕。

冷血道：「兇手有這樣的力量，其實要殺你們，也是易如反掌，何必反而對自己部下大開殺戒呢？他這樣做，必有目的。」

高風亮道：「正是，我那時也有這樣想法，如果兇手旨在獨佔鏢銀，不需要毀屍滅跡；如意在滅口，不如連我們也一併殺了，又何必如此費事呢？」

冷血沉吟道：「只怕……」忽住口不語。

高風亮等了一會，不見冷血說下去，便道：「兇手費了那麼大的手腳，當時確令我費盡疑猜。後來，我怕總局出事，便連夜趕回青田鎮去，因爲怕遭了埋伏，所以一路上非常小心，掩近總局，已近天明，待見得家門，心裡稍寬，不料赫然驚見，局子竟給查封了，路上又撞見局裡的人一一被鎖了去，無論怎麼喊冤都不放人，我本想衝上前去說分明的，但聽其中一名衙差罵道：『我們抓不到你們局主，已夠麻煩了，還說放你！』我才知道他們的目標是我……」

冷血道：「這種情形，你出面只有變成籠中囚而已，於事無補。」

高風亮黯然道：「我也想到這點。勝負存亡不要緊，要留清白在人間。如果我再被抓了進去，有理說不得，進了枉死城，只怕連累了大家不算，還給人貽罵千年……鏢局亡了還事小，那一百多萬兩餉銀，朝廷還是催納，教鄉民怎有法子一繳再繳!?」

冷血臉色凝重，道：「鏢局失保，餉銀被盜，官府應發兵去追盜匪，因何反而緝捕鏢局中人？」

高風亮望向唐肯，當時他去追蹤敵人，鏢局裡的情形，反不如唐肯清楚。

唐肯叫屈似的道：「我也不知道。我和藍老大、張兄弟回到鏢局，匆匆把事情向大夥兒告訴大略，勇二叔和小彈弓都要立刻發人去接應局主，沒想到黎笑虹帶一千官兵浩浩蕩蕩的衝進來，黎笑虹指著我們三人說：『就是他們。』官兵不由分說，把我們上銬押走了……」

高風亮皺眉道：「黎笑虹這是什麼意思？」

冷血問：「黎笑虹是誰？」

高風亮道：「一個小夥子，從趟子手做起，才四年就擢升爲副鏢師，他勤奮聰明，本來還要升他……」

唐肯搔搔頭皮道：「我看這小子有古怪。」又仰天打哈啾，看來真染了傷風。

高風亮道：「勇二弟既然在，應該挺身說話呀。」

冷血截問：「這勇二叔是不是外號『踏破鐵鞋無覓處』的勇成勇二俠？」

高風亮頷首道：「勇二弟在神威鏢局屢建奇功，已擢升為敝局副局主了。」

冷血默然。

他看得出來高風亮是個有容乃大的人，只要是人材，他都能量材而用，並破格擢升。

大凡一個主理大事的人物，未必樣樣俱精，事事均明，但必然手下有各種各式的幕僚和人才，在他麾下發揮盡致，使得這些事業宛似由一個七手八臂的人推動一般。

那邊的唐肯答道：「就是因為勇二叔挺身而出，不准官差拉走我們，結果被言氏兄弟重創，倒在地上……局裡其他兄弟彆不住想上前動手，那魯問張下令說：奉李大人手諭，凡有拒捕、阻撓者，一律當叛賊辦，當場格殺不論！」唐肯氣結地道：「勇二叔捂著傷，喘息著要大家停手，別害了鏢局聲名，所以，大家只好眼巴巴的任由那些官差大事搜掠，然後押走我們……」

高風亮問：「吳勝、藍老大、張義宏他們呢？」

唐肯道：「藍老大和張義宏在牢裡，先後剝皮慘死……吳勝仍被關在大牢裡，情形也好不了多少……只有那個黎笑虹，案發以後，只在鏢局出現一次，趾高氣揚，之後我就不知道了！」

唐肯又一連打了兩個噴嚏，高風亮讓他打完了才道：「我當晚沒回總局，第二天便聽到沸沸揚揚的傳聞，說什麼神威鏢局監守自盜，殺人滅口，是其中一名鏢師告發，才告真相大白，原來是神威鏢局搶奪了百姓的血汗稅銀！……城門上到處貼著我的繪像，要緝拿我，我知道這事百口莫辯，於是冒死入城，希望能直接找到李大人說個分明……這種案子只要一被收監就難有活命之機了！」

高風亮說著望向丁裳衣：「無師門素來劫富濟貧、行俠仗義，關大俠和丁姑娘的作爲，我一向都很欽儀，你們有位部下袁飛，以前是我們鏢局的鏢頭，我從他那兒知悉你們前晚要劫獄，所以留上了心……」

丁裳衣向冷血睨了一眼，道：「別盡說佩服的話了，別忘了冷四爺在這兒，我們還是犯法罪人，充不得字號，怎麼說都只是偷雞摸狗賊兒呢！」

冷血淡淡地道：「丁姑娘言重了……無師門在江湖口碑極好，要是我們四師兄弟只跟這些俠盜好漢作對，武林中倒應該稱我們『四大魔頭』才是。」

「天下四大名捕」的聲譽極隆，決不只因爲冷血、追命、鐵手、無情破過不少辣手案件，精明強幹，文武全才，更重要的是他們有所爲而有所不爲，在不違背職權的情形下，對武林中被逼鋌而走險，迫上梁山，替天行道，盜亦有道的豪傑好漢，向不爲難，且加以網開一面，向得黑、白二道稱譽。

唐肯這才瞭然：「難怪局主前晚能及時趕到！」

冷血忽問他：「你說藍、張二位鏢師慘遭剝皮之刑，這又是怎麼一回事呢？」

唐肯把李惘中支使言氏兄弟、易映溪等剝皮製錦的情形——說了，同時也提到關飛渡仗義受害，終至慘死的事情。

冷血聽得臉色凝重，十分仔細，沉默一會，才說：「殺李大人之子是件大案！李大人是傅丞相手下五大門生之一，何況這件事是被傳爲暴民越獄，李惘中公子爲保進奉丞相壽禮而慘遭殺戮！……至於關飛渡關大哥的事，憑他武功，誰也逮不住他，但爲了誤傷民眾而自動投獄，令人敬佩。我這次來，本也奉世叔之命，爲他開脫重罪，不意他已遭小人所害，真是……」

忽聽「咄」地一聲，唐肯和高風亮手裡拿的火炬，同時一晃而滅！

洞裡立即變成一團漆黑！

二　看不見的網

唐肯、丁裳衣、高風亮只覺得有一陣刺耳的急嘯夾著冷風襲來，待察覺時已經無從閃躲。

倏地，另一道急風掩上，只聽幾下倏起倏止的勁風，跟著嗆地一聲，紅光一閃。

紅光一閃再閃，陡地什麼都靜止了。

洞裡又回復一團黑暗。

良久，只聽冷血沉聲道：「點火！」

唐肯、高風亮匆忙點亮了火炬，丁裳衣叫了半聲，用手指掩住了口。

冷血半條左腿都是血。

「你受傷了！」唐肯道。丁裳衣已掩過去，替冷血止血。

冷血道：「是聶千愁。」

高風亮道：「他？」

冷血道：「他也是逼不得已，要殺你們，非得先殺我不可。」

丁裳衣示意冷血倚著石壁坐下，毫不猶疑的抬起冷血左腿，擱在自己蹲著的右膝上，解開褲管的綳布爲他敷藥。

她低下頭來敷藥，幾綹髮絲像木瑾花蕊一般散在額上，在火光映照下有一種令人凝住呼息的美；忽「嘶」的一聲，丁裳衣用手撕下自己衣角一塊布帛，拆出褲管綳帶的幾條麻線，用皓齒「崩」的一咬，線就斷了，丁裳衣即爲冷血裹傷。

冷血塑像般的臉容不變，但眼裡已有感動之神色。

唐肯拿火炬來照兩照，一面問：「他……在哪裡？」

冷血道：「他在土裡。」

唐肯嚇了一跳，忙用火炬照地上。

冷血接道：「他已經施用了另一個葫蘆。」

高風亮展現了笑容：「但你已破了他。」

冷血道：「我也受了傷。」

唐肯囁嚅地道：「他，他還會來嗎？」

冷血反問：「這洞還有多遠？」

唐肯四周張望了一下，道：「快到出口了。出口就是翠屏山的山腹。」

冷血突然道：「那兒的風景一定很美麗的了。」

山景的確怡目：

遠處望去，千葉重台，萬山蒼翠，洞壑玲瓏，清溪飛瀑，映帶其間，極目煙波千里，嘉木芰雲，映照峰巒巖嶺。近處深苔綠草，蒼潤欲流，經日頭一照，絲毫不覺炙熱，反而清涼怡人，萬紫奼紅，點綴其間，直如世外桃源。

這洞穴的出口前，有一人盤坐著。

這人滿頭白髮，坐姿甚爲奇特，看他的手勢，似乎是在撒網。

他身側擺著一隻葫蘆。

赤黑色的，第三隻葫蘆。

但他手上並沒有網，而且看來他手上什麼東西都沒有。

在白髮人背後遠處，有兩個人，長得一樣平板無味，遠遠的在白髮人後面，緊張地等待著。

這兩人看來是極怕白髮人手中的事物，所以離得遠遠的不敢靠近。

可是白髮人手上什麼東西也沒有。

夕陽已西斜。

陽光照進陰濕的穴口。

冷血、高風亮、丁裳衣、唐肯相繼出現了。冷血與坐在穴前的聶千愁視線交錯。

◇◇◇

冷血停也不停，走向穴口。

洞穴出口傾斜，聶千愁的姿勢是居高臨下。

只是冷血往上走，那畢挺而一往無前的氣勢，就像是他在佔盡優勢。

丁裳衣、高風亮、唐肯全神戒備，跟在後面。

聶千愁靜靜地坐著，沒有異動。

冷血目中無人的往上走。

言氏兄弟雖在遠處，他倆也已身經百戰，但仍然緊張得變了臉色。

冷血突然感覺到不妥。

他自幼在荒野長大，已學得了野狼一般的本領，懂得哪裡有埋伏，哪兒有陷阱，哪處有危機！

可是現在他感覺到危險的訊息，卻不知危機出現在哪裡！

——看不見的危機才是真正的危機！

他的手如磐石般穩定，已按住了劍鍔。

就在這時，聶千愁陡然發出了劇烈的尖嘯！

這尖嘯何等厲烈，使得砂塵激起，衣袂震飄，草木齊搖，他的滿頭白髮，翻飛而揚！

言氏兄弟、丁裳衣、唐肯一齊用手掩住了耳朵，連高風亮也皺起了眉頭。

只有冷血，臉色全然不變。

正在此際，冷血突然感覺到自己落入羅網中；隨即他發覺這個感覺不止是感覺而已，而是真實地墜入了羅網裡！

他馬上覺察手足收縮、被綑綁、無法掙動自如的反應。

同時間，丁裳衣和唐肯呼叫、叱喝聲，他們也在同一瞬間感覺到這點。

所不同的是：冷血已拔出了劍。

劍在前，人在後，人變得似黏附其後，人劍合一，激射而去！

冷血只覺身上一緊，像被八爪魚的吸盤緊緊吮住一般，但他的劍同時發出耀目的光華，劍尖上發出尖銳的嘶嘶裂帛之聲。

然而在他們的前後左右，空無一物。

冷血覺得身上肢骸被人像粽子一般裹住綑著，但他全心全意已附在劍光上，

「嗖」地一聲，驟然全身一鬆，他隨而斜飛而出，落在丈外！

就像剛衝破了一張無形的巨網，又似在看去無盡無涯的天邊，打破一個洞口，穿了出去！

高風亮也要緊躡冷血所撕裂的洞口而出，但他的去路突被阻隔。

他的前路依然空無一物！

就似有一樣無形而生長力極迅速的東西，剛被衝破了一個缺口，立即又自行蔓生補上，封住了缺口，令人困死在其中。

如果是網，網已收縮。

高風亮、丁裳衣、唐肯全身都被綑住，動彈不得，直比鋼線箍住周身要穴還無法可施。

冷血挺劍，回身，雙目發出厲芒。

聶千愁雙手正作收網狀。

冷血目光落在那口葫蘆上。

聶千愁厲嘯倏止，轉向冷血。

冷血盯著地上那口葫蘆：「夢幻天羅、六戊潛形絲!?」

聶千愁一拍那葫蘆，紮手紮腳貼在一起的唐肯、丁裳衣、高風亮等三人都震了一震，臉露驚怒之色。

冷血道：「在山洞裡，我沒破了你第三口葫蘆?」

聶千愁道：「你只攻破了我第二隻葫蘆：我第二隻葫蘆不僅可噴出『太乙五羅煙』，也可以放出『赤影神光』，你的劍氣已毀了它。我的第三口葫蘆仍未出手。」

他臉上已掩抑不住得意之色：「我這只『六戊潛形絲、夢幻天羅』從不失手。」

冷血冷冷地道：「但我已破網而出。」

聶千愁臉色稍變，隨即道：「可是我也制住我要制住的人。」

冷血這次只說了四個字：「你別逼我。」然後就注視著自己的劍。

聶千愁沒有回首，但向言氏吩咐道：「拿著這隻葫蘆，把這三名犯人押走！告訴李鱷淚，他要的我都已替他做到，聶千愁無負於他！」

言有義應道：「是！」

言有信道：「聶老大，不如，我們一齊合力除去此孽——」

聶千愁已是一名勁敵，若再加上言氏兄弟助陣，冷血實不易對付。

聶千愁只斬釘截鐵的說了一個字：「走！」

言有義眼珠一轉，道：「我知道您是怕我們非此人之敵，」他忽躍到高風亮等三人身邊，手中扣了三支青靈稜，揚聲道：「他若不束手就擒，我就放鏢射殺這三人，看他還敢不敢抵抗！」

聶千愁這次更不客氣，只用了一個字：「滾！」

言有信扯扯言有義的衣袖，兩人一個小心翼翼的拖走地上那口葫蘆，另一個扣著飛鏢監視在無形網中的三人。

奇怪的是葫蘆一動，三人便被拖走，全無掙扎之力。

冷血身形甫動，聶千愁已解下了腰畔的葫蘆。

這是他身上唯一剩下的葫蘆。

冷血的身形又凝立了起來。

沒有人敢在聶千愁的「三寶葫蘆」攻擊下能分神於其他事情的，就連諸葛先生親至，也一樣不能。

他知道要自己活著才能救高風亮等人。

言氏兄弟撤走得很快，一下子已影蹤不見。

冷血知道，自己若要救人，就得先殺人，先殺了眼前這個可怕的敵人！

聶千愁嘴裡驀地發出了呼嘯。

呼嘯一開始，他便往後退去。

冷血仗劍進逼；聶千愁退去的方向跟言氏兄弟撤走是一樣的。

呼嘯愈厲，聶千愁便退得愈快。

冷血始終離他十一尺之遙，劍斜指，一直找不到出手的機會。

聶千愁陡然止步。

山上的氣候仍蔭涼，但此處卻覺逼面的炎熱，腳下所踏的是灰黑而黏濕的泥濘，還有強烈的硫磺味道，那泥土竟是濕熱的。

附近有輕微的波波之聲入耳。

冷血沒有想到這麼風景清雅的山上竟有這麼一處異地。

聶千愁急止，冷血也同時停步。

劍尖仍離聶千愁不多不少，恰好十一尺之遙。

聶千愁忽道：「你知道我爲什麼要把你引來這裡？」

冷血不語。他的眼睛雖沒有轉動，但已在留心這個場地。只見前、左、右均有幾處淤泥塘，在波波地冒著黏質的水泡，大的足有象頭，小的只有眼珠大小，偶爾泥濘裡還濺出污泥！

聶千愁道：「這地方叫做『大滾水』，因爲地熱，引發泥層下的冷熱空氣，是故間歇地噴出熱泥漿，久之形成泥塘。——誰要是不小心踏進去，陷下去便永不翻身，永遠成爲地獄客，昇不了仙！」

然後他問冷血：「知不知道我帶你來這裡的原因？」

冷血盯著他，仍不語。

聶千愁忽仰天哈哈大笑：「你剛才一直不出手，犯了大錯！」

冷血淡淡道：「我不出手是因爲我找不到出手的機會。」

聶千愁笑聲一斂，道：「可惜你現在更找不到。我引你來這裡，是因爲你的腳受傷了。」

這兒泥鬆土軟，一足踏下去，容易陷落，而且一不小心，進退失宜，便會陷入泥淖裡，冷血一足已受傷不輕，只要再失足便決無法挽救劣機。

聶千愁盯住他的左腳道：「只要以一對一，我們便算公平決戰。何況，我已把這地形告訴了你，你死了也怨不得我。」

冷血點頭道：「倚多爲勝，不算英雄，但卻兵不厭詐。」

聶千愁道：「你準備好了沒有？」

突然間，泥濘中不斷冒出稠泡，波波連聲，地底下像煮得沸騰一般，聶千愁疾道：「注意，地底泥濘溫泉就要激射而出，我們就在這剎間定生死！」

冷血驀然明白了聶千愁的意思。

這地底溫泉作間歇性的噴濺，這方圓數百尺內寸草不生，可見得這股地底流泉毒熱霸道。

大凡一個高手，必有癖好。有劍癖的人因而擅劍，對各家各派武藝有癖好者武功往往龐雜博繁，同樣對一個殺手來說，如果面對勁敵，便很希望能在一種全然特殊的境況下殺人或被殺！

對他們而言，或許這樣才能滿足一個殺手的自豪！

冷血不是殺手。

他是捕頭。

他曾在各種境遇下捕過人：最熱的、最冷的、最難下手的、最不可捉摸的、甚至最不可思議的情況與環境裡出過手。

但沒有失過手。

他明白聶千愁的心情。

聶千愁這時陡地發出尖嘯。

尖嘯的同時，攻擊已開始。

三　麻雀與鷹

地底下如果有一個巨大的洪爐正在煮著這塊奇地，那麼，現在已到了沸騰的時候了。

地底凹穴的冷熱空氣調轉，已逼到了一個無法容讓的地步，「蓬」地一聲，大量的泥糊與泉水，在泥塘中心飛噴而出！

這一大蓬水花泥石，在半空的午陽下映著奇異的而奪目的光芒，像忽降下一陣五彩繽紛的雨，驟又打落回泥塘上！

然而這雨卻是極酷熱的。

聶千愁的攻擊極烈。

他白髮激揚，撮唇尖嘯、長身而起，居高臨下，葫蘆中白光如電，飛射冷血！

冷血凝立不動。

這下無疑形同飛鷹攫向麻雀。

聶千愁也睹準冷血左腳受傷，難以作出迅速的閃躲，跳避。

他要在熱泥正降下前擊殺冷血，然後再躲開去——這對他和敵手而言，都是一個考驗！

誰通不過這考驗，誰就得死！

但一個真正的高手，都喜歡通過考驗，因爲有考驗才有挑戰，有挑戰才有奮發，有奮發才有進步！

逆水行舟，不進則退——對殺手而言，「退步」只有「死」！

熱泥、飛泉，在半空形成一朵奇異灰花！

聶千愁如鷹，攫向冷血！

他能不能在泥水未降下前一瞬，格殺冷血？

◇◇◇

言有信、言有義拉著葫蘆走，丁裳衣、高風亮、唐肯等完全無法拒抗的跟著走，就似一張無形的網，把他們拖著，完全掙動不得。

他們走了大約二、三里路，言有信不住回頭張望，忽向言有義道：「我們往回路的小徑，轉回去。」

言有義奇道：「爲什麼？」

言有信道：「而今李大人、魯大人已往青田鎮上來，不如我們折回青田等候，好過一路上押這些人走易生枝節。」

高風亮、唐肯聽得居然出動李鱷淚也親臨青田鎮，都吃了一驚，心中暗忖：怎會爲了這件案子，擺下那麼大的陣仗!?

言有義笑道：「今番我們擒住這三人，可是大功一件。」

言有信道：「可惜。」

言有義問：「可惜什麼？」

言有信道：「這三人卻是『老虎嘯月』所擒的。」

言有義嘿嘿笑了兩聲：「你以爲聶千愁還有命回來討功？」

言有信道：「你是說……」

言有義望向天空和枝頭。

蒼穹上有飛鷹振翅。

枝頭上有麻雀。

麻雀縮著首，望著天空翺翔的蒼鷹，不知是在羨慕還是在恐懼？

言有義目光十分冷峻：「如果我沒猜錯，那拿劍的年輕人是……」

他沒說下去，只喃喃地自忖道：「不知道誰是麻雀？誰才是鷹？」

聶千愁撲在半空。
他巨大的身姿遮去了一半的日頭。
冷血在陰影裡。
他沒有退縮，也沒有迎上去。
他突然一掌劈空擊出！
掌力不是擊向聶千愁，而是遙劈濺在半空泥水！
掌力一推之下，炙熱的泥濘飛濺向半空中的聶千愁！
聶千愁功力再高，也不敢被這地底蘊熱已久的泥水淋著，他陡地卸下衣袍，一面舞著，捲去泥水，一面藉力斜飛，落於丈外！
泥水濺射的範圍之外。
他落地的時候，忽覺耳背一陣冷。
他緩緩回過頭去，咽喉抵住了一把劍。
劍鋒明亮。
劍握在冷血的手。

劍鋒冷。

眼光更冷。

聶千愁陡向前疾行一步。

這一步，無疑是等於把喉嚨送上劍鋒。

但冷血也疾退了一步。

劍鋒依然抵上聶千愁咽喉上，連血珠也沒刺出一滴。

聶千愁一甩髮，等於把脖子往劍鋒上一抹。

只是劍尖跟著一圈，待聶千愁停下來的時候，劍鋒仍抵在他的下顎，不過點傷全無。

聶千愁冷笑道：「好劍法。」冷血在他顧著捲開泥水之際已破了他的葫蘆劍影，先一步截住他的退路。「不過卻不敢殺人。」

冷血笑了，他一笑，眼睛就溫暖了起來。「我爲什麼要殺你？」話一說完，劍已收回，回身就走。

只留下聶千愁在怔怔發呆，衣上還沾了幾點泥水。

聶千愁嘶聲道：「我要殺你，你爲什麼不殺我？你爲什麼不殺我！原來冷血的劍已不敢殺人了！」

冷血沒有回頭：「你殺我我就一定要殺你麼？冷血的劍一定要殺人才是冷血的劍麼？」

聶千愁被這問題問得一怔。

冷血一面走著，一面留下一句話：「你還要活下來，看友情從無情變爲有情；我也要活下來，那三位被冤枉的朋友，我不能叫他們被人冤枉下去。」

言氏兄弟到了「小滾水」的果園鄉莊，已經入暮，言有義還待往前行，言有信道：「我們不如就在這兒歇歇罷，這裡一帶聽說叫做『小滾水』，有很多泥沼流砂，還是小心點好。」

這時蟲鳴四響，晚風徐來，襯著五人的腳步沙沙。

言有義想了想，道：「好吧。」

這兒附近只有數家茅屋，走在荒密的樹蔭下，因星光很繁密，也不覺太暗。他們儘量避免步入道旁的泥淖。

言有義眼光流轉：「找間看園子的人家住下吧。」

於是言有信踢開了一棟茅舍的門。屋裡一家四口，在果園辛勞了一整天，正是享用晚餐的時候，不速之客突然已到了門口。

家裡的男人吆喝：「你們是什麼人!?」

言有義的回答是把他打倒在地。

男人咯著血，仆在地上，唐肯，高風亮等看得眥眶欲裂，但又能作什麼？

言有義喝問：「有什麼吃的，快都拿出來！」

家裡還有一個女人、一個女孩和一個小男孩，都在哭著。

女人嗚咽道：「大爺不要打他，吃的……都在這裡……請不要難為我們……」

言氏兄弟看到只是一些醃菜、鹹餅等，怒道：「怎麼只有這些！」

女人哭道：「現在官衙要納三、四倍的稅糧，我們哪有東西可吃？加上前次那什麼鏢局把我們的稅餉保失了，又要再繳一次，我們已被逼得……哪還有什麼吃的呀！」

高風亮和唐肯都慚然低下了頭。

女人抓住言有義的靴子哀求道：「大爺您就行行好……放過我們……我們一生一世都會記住您們的大恩大德的……」

言有義桀桀笑道，「記住我們？妳知道我們是誰？」

他指指自己鼻子道：「我就是衙裡的高官，那兩人……」他指向在無形網裡的高風亮和唐肯，「就是妳口口聲聲痛罵的『神威鏢局』裡的局主和鏢師！」

那女人哭著抬頭，望了一眼，頰上還掛著整排淚珠，襯出一張蠻漂亮的臉。

「你們真是……害死我們了！」

高風亮和唐肯心中難過，而且憤恨：本來人家託自己護鏢，乃是對自己的信任，無論如何，性命可丟，鏢不能失，而今，保的是萬家百姓的稅餉，失手之後，尚未著手追尋，已被官府通緝，弄得走投無路，而今還爲人所制，實在夫復何言？

言有義端詳了那女人一下，又望望在一旁哭泣的女孩子，忍不住用手托起女人的下巴，看去越美，色心大動，便道：「叫什麼名字？」

那女人結結巴巴地：「我……我……」起之於女子先天的敏感，她已約略猜出這賊子心裡想的是什麼骯髒齷齪的事。

言有義哈哈笑道：「信哥，你自己先找東西喫喫，我可要樂樂去了。」

說著把那女人往房裡扯，高風亮喝道：「狂徒！住手！」唐肯也大叫道：「你別胡來——！」

言有義逕自笑著，把女人拖走，女人拚力掙扎，男人勉強掙起要撲向言有義，言有義一腳把男人踢飛，撞在壁上，軟倒下來的時候已斷了氣。

這一來，女人哭得更厲害，號啕叫道：「阿來，阿來……」

言有義反手就給她一巴掌，把她打倒地上，覺得興味索然，便過去扯那小女孩，一面咕嚕道：「好，大的不肯便要小的，反正吃大柚不如喫青梨。」

那小女孩一直想要躲縮，但仍是給言有義一把手抓住。

女人哭道：「你放了她……求求大爺你放了她……她年紀小，還不懂事……」

言有義道：「妳懂事，但妳不聽話。」

女人咬著全無血色的唇，「我聽話……我一定聽大爺的話。」

言有義嘿地一笑，抱起女人，往房間走去，言有信看得只搖搖頭，向那一男一女兩個小孩恐嚇道：「你們坐著別動，一會兒你娘就出來，爲爺們做頓好吃的，誰動，我就殺誰，就像——」

用手一指地上死去的漢子，狠狠地道：「就像你們爹爹一樣。」

丁裳衣忽道：「言老大，你過來。」

言有信怔了怔，隨後笑笑，指著自己鼻尖道：「我？」

丁裳衣用一雙妙目瞄著他，道：「你那天……在監獄裡……爲何要放過我？」

言有信眉頭一皺：丁裳衣已是網中之囚，他大可斥責幾句或不答她，但他藉房間的油燈望去，丁裳衣端坐在那兒，似嗔似笑，兩頰粉白得像新鮮熱軟的饅頭，偏又沾上一抹嫣紅，就像喜慶節日的甜糕一般；從來也沒有這樣一個人，言有信心中想，在這樣危難和狼狽的時刻裡仍那麼雍容美麗。

言有信笑笑，想了想，又笑笑，唐肯和高風亮都覺得奇怪，怎麼像言有信這樣一個殺人不眨眼的江湖人，居然會有這種近乎忸怩略帶迷惘的表情？

只是唐肯和高風亮現在都極憤急；他們實在不明白丁裳衣爲什麼要問言有信這些。

只聽言有信的語音出奇的輕：「丁姑娘……我的心意……妳還不知道嗎？」

倏地，房間裡響起了一聲怒叱，一聲驚呼！

言有信溫柔的臉色立刻變回原先的死板，霍然回身，丁裳衣卻急急說了一句話：「言老大，念在你對我的情意，請保全這兩個孩子……」

言有信似驚覺到丁裳衣柔聲對他的用意，臉上掠過了怫然之色，還未發作，「砰」的一聲，一人已推開房間，踉蹌步出。

言有信一個箭步趨近，扶著言有義，只見言有義手捂下體，唇上淌血，一臉痛苦之色。

言有信詫道：「老二，你……」

言有義忿忿罵道：「那婊子……居然……居然用剪刀……嘿！」

言有信怔了怔，道：「剪刀？」

言有義恨聲道：「我已把她一掌劈了！」

唐肯再也忍耐不住，怒罵道：「姓言的！你這個絕子絕孫喪盡天良不得好死，惡事做盡禽獸不如活當五馬分屍亂刀剁碎姦淫人妻的王八龜孫兔崽子！你——」他怒得一口氣把罵人的話長江大河般吐盡，言有義一個閃身，已踹了他一腳。

這一腳踢得十分之重，要是平常人，只怕就要吐血當堂。

唐肯的身子素來硬朗，但下面的話卻也說不下去了。

丁裳衣忽望向言有信，眼中已有哀求之色。

言有信心中一動，把要踢第二腳的言有義拉開，勸道：「老二，這人要留著交差，死了就不好辦！」

言有義恨恨地道：「他媽的！老子的命根子已絕了一半，他還來罵——不是爲了昇官發財，我一腳就踹死他！」

言有信嘆道：「誰不爲昇官？誰不爲發財？爲了名利權位，什麼大欲禁忌，都得讓開去。」

言有義又嘿嘿乾笑兩聲，目光遊處，瞥見縮在牆角邊的一對姊弟，當下狠狠地道：「好，玩這小的一樣。」說著便往那小女孩走去。

言有信回首望丁裳衣。

丁裳衣向他點點頭，又搖搖首，眼中乞求之色更濃。

這眼色柔順裡帶著艷媚，是言有信一生不曾見過的，他皺了皺眉，搭住言有義的肩膀道：「算了罷，你受傷了，還是休養一下的好。」

言有義霍然回首，瞪住言有信，眼色很奇怪，然後說：「我知道。」

四　有信有義

言有信被言有義那特異的眼色弄得一怔，只道：「哦？」

言有義突然深深吸了一口氣。

言有信楞了一楞，他知道他這個弟弟所練的「僵屍拳」，已經到了「飛屍」的境界，不過在出手前，仍免不了深吸一口氣納入丹田，再轉氣海，流入四肢百骸去，才可以盡展「僵屍拳」之所長。

言有信不禁退了一步。

言有義突然振身而起，雙拳上擊，喀喇喇連響，茅頂被穿裂一個大洞，「哇」地一聲，跌落一人。

這人除跌得鼻口都溢血外，雙腳關節自膝蓋破裂而出，像給言有義雙拳擊中腳底所致的，倒在地上呻吟，鮮血已染紅了茅堆地。

言有信這才省起屋頂上有敵人，自己卻爲丁裳衣而色授魂銷，敵人到了附近還不察覺，心裡暗叫：慚愧！

只聽屋頂上一陣急促奔動的聲音，衣袂急風陡起，言有義叱道：「還不快給我滾出來！」

「砰」地一聲，木門被踢開，窗口也被劈開，七、八個人一齊湧了進來。

唐肯還以爲來的是什麼人，一看之下，登時一呆，「噫」了一聲，高風亮知有蹊蹺，低聲問：「你認識？」

唐肯喃喃地道：「隆閻王。」

丁裳衣也小聲問：「是誰？」

唐肯迷惑地答：「是從前鎖我們在牢裡，用迷藥暗算關大哥的隆牢頭。」

這七、八名大漢簇擁著隆牢頭，言氏兄弟一見，哈地笑了出來：「我道是誰，原來是隆老哥和帖家三兄弟、肇家五虎將！」

其中一名大漢跑去扶著痛楚呻吟的傷者，怒道：「姓言的，死到臨頭還口出狂言！」

言有信冷笑道：「肇老大，咱們姓言的跟你可河水不犯井水，你們這回擺明了刀槍，這算什麼!?」

肇老大冷哼道：「河水？井水？誰是河水！誰才是臭溝渠水！也不自知量力，到衙府來混飯吃，居然獨霸著桌面！咱家什麼大江大河沒見識過，獨怕你姓言的！」

言有義哈哈朗笑道：「肇老大原來是爲了這個……看來，帖家的哥兒們——」

其中一名大漢橫眉道：「姓言的，自從李大人請了你們四人後，對我們可愈來愈不信寵，起初還有些殘羹剩飯吃，到後來，偌大的衙府可都沒有我們混的份！」

另一名大漢張著巨口道：「那個『老虎嘯月』真有兩下子，非我們能及，也就罷了，但你們和那姓易的窮酸……」

還有一名長滿痞痂的大漢道：「現在姓易的窮秀才死了，就剩下了你們，礙著我們升官直上的青雲道！」

言有義乾笑兩聲：「原來是這樣的。」

言有信望向隆閻王，道：「隆牢頭呢？你也來趁這個熱鬧！」

隆牢頭道：「說句公道話，你們四位未來之前，那兒本來就是帖氏三雄和肇氏五虎將的天下，我也沾了不少光，你們來了之後，卻把我也調去看監牢，你們這一來——」

言有信接道：「你們就黯淡無光了。」

隆牢頭變色道：「姓言的！別以爲今天還是在李大人面前，我可不怕你們！」

言有信好暇以整地道：「你當然不怕了，有帖氏三雄和肇氏五虎在，你還有把我們殺了滅口的膽子哩！」

那肇老大居然道：「我們同是江湖人，也不想行事太絕，饒你們不死也可以，只是，這批人要交給我們，你們，永遠不許再入青田縣半步。」

言有信冷笑道：「這批人給了你們，好領個大功，作爲日後晉進的好墊石，可惜……」

言有義忽然長長一揖，恭聲道：「拜謝諸位不殺之恩。」

那帖家兄弟一個笑道：「這才是識時務者爲俊傑。」

一個道：「你倒有自知之明，與我們爭？螳臂擋車而已！」

另一個說：「言家不過懂得耍幾下活像僵屍的拳法而已，硬手硬腳的，去江西趕屍倒還差不多。」

言有信臉色條變。

言有義卻卑聲道：「諸位說的甚是，以前不知量力，得罪之處，尚請恕罪。」說罷「噗」地跪了下去。

帖家兄弟忙道：「這算什麼？」「請起，請起！」「一場誤會而已，誰都不要放在心上！」

肇老大仍沉著臉道：「你們要是不傷了老四，我倒可放了你們——」

言有義「拍拍」摑了自己兩巴掌，哀聲道：「都是我不好，不知是諸位大駕，以致出手暗襲，誤傷肇四爺，實在該死！」

肇老大冷哼一聲，隆牢頭湊近他耳邊咕嚕了幾句話，肇老大眼珠轉了轉，道：「好吧，不殺也可以，但要立下重誓，永不入青田，見到我們兄弟，好狗不擋路！」其實他心裡跟隆牢頭所想的是一樣：言氏兄弟的「僵屍拳法」據悉已練至「飛屍」境界，如無把握，最好能免去此戰。

唐肯、高風亮、丁裳衣等見李鱷淚麾下高手爭權爭寵起內鬨，巴不得他們互相殘殺才好，不料眼見言氏兄弟如此窩囊，心中都不禁痛罵。

言有義指天發誓道：「我言有義，而今心甘情願，誠服隆閻王、帖氏三雄、肇氏五虎將，今生不踏青田半步，一切功名，拱手讓賢，如有違者，天打雷劈，血灑荒山！」誓罷竟向諸人叩首道：「請各位高抬貴手，饒我一命。」

帖氏三雄、肇氏五虎將、隆牢頭都哈哈大笑起來。要知道江湖中極講骨氣、有種，如今竟見言氏兄弟如此怕事求饒，實在又高興又好笑。連那受了傷的肇老四，也不爲甚已，悶哼道：「算了罷，把他一雙狗腿子打斷便了。」

隆牢頭忽想起一事，道：「言老大，你的意思又怎樣？」

言有信沉聲道：「我？我跟老二一樣。」

隆牢頭緊逼一步：「那你也立個重誓呀。」

言有信咬牙道：「好。我言有信奉諸位爲師爲兄，言聽計從，不敢有違。」

隆牢頭笑道：「如果有違呢？」

言有信深吸了一口氣道：「血濺五步，死無葬身之所！」

隆牢頭回身向其他八人道：「我看，這事情就這樣算了罷！他們也風光了這些日子，而今，要輪到咱們了。」

那臉上長滿疔瘡的帖姓大漢道：「最近李大人那兒又來了三個怪物……」

另一個橫眉怒目的帖姓漢子道：「管他什麼來路，先攆走這兩個眼前的傢伙再說！」

肇老大「噹」地丟下一把刀，向言有義道：「念你知機，自己剁下一條腿子，賠賠老四吧！」

言有義望望刀鋒，又望望肇老大，苦笑道：「自己的肉自己的骨，下不了手啊！肇老大！」

肇老大揚眉道：「你要我動手？」

言有義懇求地道：「這要勞肇老大了。」說罷閉上雙目吸了一口長長的氣，伸出一隻左腳，雙手遞上了刀，肇老大見他意態誠懇，笑著搖了搖頭，走過去，要接過刀，一面道：「又怕死，又怕痛，怎能在江湖上混呢！」

就在肇老大手已觸及刀柄的剎那，言有義陡睜開雙目！

他的兩眼猝綻出青藍色的幽光，很是可怖！

肇老大一怔，言有義一刀已斫了下來。

肇老大慌忙中用手去格，「哧」地一條臂膀被斫了下來，同時間，鼠蹊已中了一腳。

肇老大慘呼踣地，言有義一刀得手，手中刀已脫手飛去！

刀穿過另一名肇氏虎將的胸膛。

同一瞬間，言有信已揮胳擊去，帖老二雙手一格，同時雙臂被震斷，言有信另一拳擊出，擊得這人頭殼爆裂，倒地時五官已不成人形！

眨眼間言氏兄弟已殺了三人。

肇氏五虎將和帖氏三雄原本合起來能施展極厲害的陣法禦敵，而今，全被擊散了。

剩下的人怒喝，紛紛拔刀。

言氏兄弟已經掩撲過去。

肇氏二虎纏住言有信，帖氏雙雄撲向言有義。

隆牢頭青了臉色，拔出了鹿角刀，卻一直不敢動手。

帖氏雙雄其中之一使乾坤劍，刺向言有義，言有義身形暴退，但帖氏另一雄的「子母鴛鴦鉞」已貼背攻到！

言有信忽長身而至，雙臂一抬，格住雙鉞，他練的是「僵屍功」，平常刀槍不入，但那帖姓漢子也非庸手，功力深厚，居然在言有信雙臂上劃下兩道長長的口子，鮮血飛濺。

只是言有義的拳頭已擊中了這人的臉門，使得他鼻骨凹了進去，幾乎在後腦凸露出來！

那肇氏兄弟又衝殺過來，但帖氏兄弟一人喪生，言氏兄弟以二敵三，大佔上風，隆牢頭大喝一聲，揮刀攻殺過來！

隆牢頭那一刀，猛烈迅疾，言有義這時一心攻殺剩下的一個姓帖的，對那一刀竟似沒及理會！

言有信大吃一驚，雙手封架肇氏雙虎的攻擊，一腳把隆牢頭踹飛出去！

他雖踹中隆閻王一腳，但腿上也吃了一刀，嗆的一聲，下盤登時不穩，肇氏兄弟又扳回了上風。

這時傳來一聲慘叫，那剩下一個姓帖的已命喪在言有義手中。

言有義一殺了「帖氏三雄」剩下的一人，轉過頭來，對付這兩個姓肇的兄弟。

那兩個姓肇的慌了手腳。

一個說：「走！」撒腿想跑，走得幾步，發現同伴並沒有應他，回頭一望，只見剩下的兄弟早已給言氏兄弟格斃。

這人嚇得膽破心驚，返身就跑，忽然刀光一閃，已刺入他的肚子裡，他全身抖顫著，指著出刀的隆牢頭，疾聲道：「王八——」就倒地而歿。

隆牢頭收回鹿角刀，強笑道：「我……我是被他們逼來的，因怕你們爲其所趁，便暗中保護賢昆仲……」

言有信微笑指指腿上的傷，問：「這一刀呢？」

隆牢頭退了一步，顫聲道：「我爲求裝得像，才能獲取他們的信任，您可別……別見怪……」

言有義笑問：「我們現在又怎知你是不是正在騙取我們的信任？」

忽聽背後叱道：「還我兄弟命來！」急風陡至，原來是那名斷足肇姓大漢，勉強掙起，以峨嵋刺飛襲而至。

言氏兄弟突然同時呼嘯一聲。

言有信撲向隆牢頭。

言有義掠向剩下的肇姓漢子。

只不過頃刻間，那肇姓漢子已給他雙手捏得寸寸骨骼碎裂，鮮血狂噴而歿。

言有信也打掉了隆牢頭手上的刀，隆牢頭給一具屍體絆了一下，仆倒下去，搖手尖嘶道：「別殺我，求求你們別殺我，不關我的事，真的不關我的事！」

言有義臉上堆起了爲難的表情，道：「可是，我們的存在，實在礙著你們的前程啊！」

隆牢頭哀聲的近乎慘呼：「別……別……不會的，只要你們不殺我，叫我做牛做馬，我都願意，我都願意！」

言有信冷笑道：「這回你是願意，我們可不怎麼願意了。」

隆牢頭聲淚俱下地道：「兩位……別見怪……」他的牙齦在打著戰：「這一切都是肇氏兄弟和姓帖的不自量力，狼子野心，硬要把我拖下水──」

言有義故意趨前問道：「哦？原來你是被迫的麼？」

隆牢頭嚇得一直往後移，哀求道：「一切都是那些姓肇的──」

突然「哧」地一聲，一截刀尖，自他胸前冒了過來。

血水大量的湧了出來，浸濕了他的前襟。

隆牢頭怔了怔，想叫，但叫不出，一個人最恐懼的事情，突然發生了，使他連恐懼也忘記了，甚至忘了掙扎、反抗。

只聽他背後的肇老大喘息道：「死就死，別窩囊！」猛抽刀，血激濺，隆牢頭的身子像死魚般的一挺，臉上也迅速地籠罩上死魚般的顏色，慢慢的仆倒下去。

言有義哈地笑道：「不怕死不怕痛的人醒來了！」肇老大狠狠也恨恨地盯著言氏兄弟，冷笑道：「算你們狠，我認栽了！」說罷橫刀一抹，血濺當堂。

言氏兄弟互望一眼，笑了起來。

言有義趨前去翻了翻肇老大的屍體，再印上一掌，在起身的時候喃喃地道：「肇老大，你們和帖氏兄弟一直鬥不過咱們，便是因為我們不怕窩囊，也不怕認栽！」

言有信也逐個過去擊上一兩掌，生怕其中有人詐死，猝然反擊似的，一面道：「這樣也好，反正我們也覺得他們礙手礙腳，早些除掉最好。」

言有義忽問：「你的傷怎樣？」

言有信苦笑道：「腿上一記，胳臂兩下。」

言有義感動地道：「大哥……」

言有信豪笑道：「咱們是親兄弟，為對方挨一兩下刀子，是應該的！」

言有義拍著言有信的肩膀，一字一句地道：「你知道我一生中最幸運的是什麼？」

他大聲地吐出心中鬱結似的說下去：「就是有你這樣的好哥哥！」

言有信也微笑道：「我也有個好弟弟！」

高風亮、唐肯、丁裳衣等本來也期待言氏兄弟和隆牢頭等九人拚得個兩敗俱傷，同歸於盡，而今言氏兄弟仍安然無恙，他們三人的心也直往下沉。

言有義忽道：「我只是有一點奇怪。」言有信道：「你是指他們怎麼知道我們的行蹤？」

言有義道：「是呀。」

言有信道：「我們一路留下了痕跡，是給李大人派人來接應的，李大人可能派遣了他們過來，這幾人因爲對我們懷恨在心，公報私仇，想一舉殺了我們，自己好去領功。」

言有義喃喃地道：「這個功名也不小……不過，我看利更誘人，說不定——」

言有信一時沒弄清楚，「說不定什麼？」

言有義雙目望見屋外，屋外漆黑，但點點星火，迅速逼近，他說：「我總是覺得，這次李大人打著的是緝捕巨盜和報殺子之仇的名號而來，不過那麼勞師動眾，只怕還有些別的什麼……」

言有信問：「別的什麼？」他也看見了那黑暗中閃爍在林子裡金灶一般的火

光。

稿於一九八三年六月廿八日
苦候申請留港消息
遇敬海林、石琪、周寶華、燕青、吳萱人、魯風、蔻鴻平、伊懷文等。
再校於一九九〇年九月三日
溫梁何九赴台，三妹請客餞行於「浦江」

【武俠經典新版】四大名捕系列

四大名捕骷髏畫（上）詭局

作者：溫瑞安
發行人：陳曉林
出版所：風雲時代出版股份有限公司
地址：10576台北市民生東路五段178號7樓之3
電話：(02) 2756-0949
傳真：(02) 2765-3799
執行主編：劉宇青
美術設計：許惠芳
行銷企劃：林安莉
業務總監：張瑋鳳

初版日期：2021年05月新版一刷
版權授權：溫瑞安
ISBN：978-986-352-937-8
風雲書網：http://www.eastbooks.com.tw
官方部落格：http://eastbooks.pixnet.net/blog
Facebook：http://www.facebook.com/h7560949
E-mail：h7560949@ms15.hinet.net
劃撥帳號：12043291
戶名：風雲時代出版股份有限公司
風雲發行所：33373桃園市龜山區公西村2鄰復興街304巷96號
電話：(03) 318-1378
傳真：(03) 318-1378
法律顧問：永然法律事務所 李永然律師
北辰著作權事務所 蕭雄淋律師
行政院新聞局局版台業字第3595號 營利事業統一編號22759935

國家圖書館出版品預行編目資料

四大名捕骷髏畫（上）／溫瑞安 著. -- 臺北市：風雲時代，2021.02-　冊；公分

ISBN 978-986-352-937-8（上冊：平裝）

1.武俠小說

857.9　　109019978